파란
나비
효과
하루

김·주·희·소·설

파란
나비
효과
하루

차례

파란나비 효과 하루·7

안녕, 동물원, 안녕·47

아빠, 유령, 문법·79

순수 취향의 악마에게 손수건을 건네지 말라·105

페팅하러 가도 돼?·139

열대야·163

쉿, 한 사람만 아는 관계·189

작가의 말·225

작품 해설·파란나비원숭이족(族)에게 고함_박상수·227

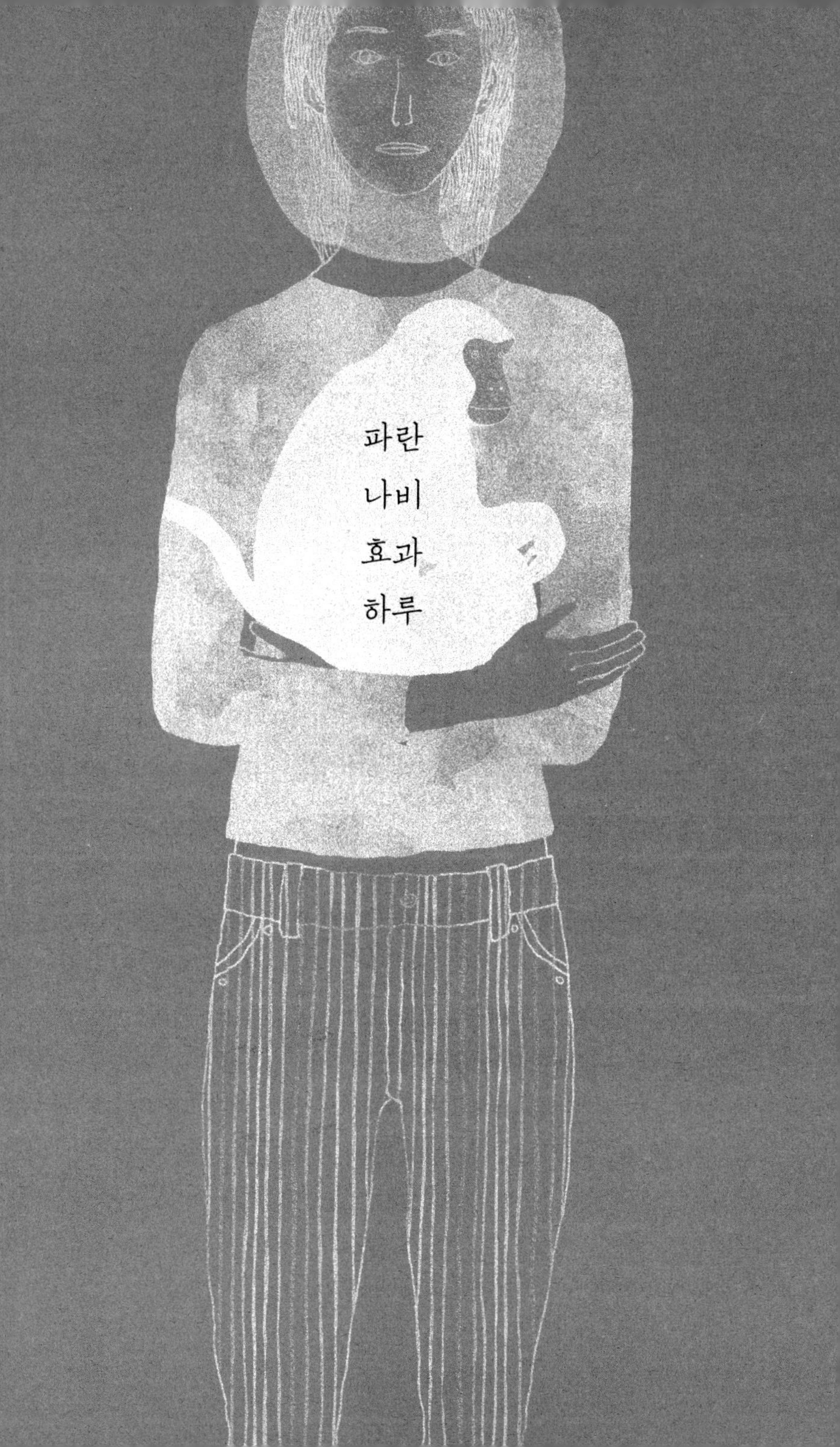

파란
나비
효과
하루

파란나비 효과 하루

파란 원숭이 봤어?

내가 무의식중에 소보로빵을 좋아했나? 배가 고픈 것도 아니었다. 그런데 왜 나는 소보로빵을 세 개나 사 버렸을까? 청량리역 1층 광장에는 롯데리아, KFC, 버거킹, 맥도널드가 다닥다닥 붙어서 세트 메뉴를 할인 가격으로 홍보하고 있었는데, 나는 변두리로만 걷다가 간판도 기억나지 않는 빵집에 불쑥 들어갔던 것이다. 소보로빵은 쟁반에 정말이지 볼품없이 쌓여 있었다. 매력이라면 두 개 값으로 세 개를 살 수 있다는 것 정도였는데. 아, 충동구매한 소보로빵 따위 내 인생의 하찮은 에피소드에 불과하다.

나는 타인들이 벌레처럼 득실거리는 지하철 개찰구를 바라보았다. 확실히 시야를 넓힌 보람이 있었다. 어느 순간 사고가 미래지향적으로 바뀌었으니까. 저 타인들 틈에서 누군가 내 이름을 부르며 뛰어올 가능성은? 실제로 그런 일이 청량리역 만남의 광장에서 펼쳐진다면 내 출생의 가치가 마구 높아져서 앞으로 10년은 죽고 싶은 생각이 들지 않을 텐데. 터무니없는 기대는 아니다. 지구에 살아만 있다면 우리는 생각지도 못한 장소에서 아는 사람을 만나기도 하니까. 어제, 내가 땡볕 더위 속 동물원에서 경험했던 일이다.

온갖 언론 매체가 고온 다습한 북태평양고기압의 영향으로 서울 기온이 35도까지 올라간다고 떠들어 대더니, 과연 지하철역에서 동물원 입구까지 걷는 동안 땀이 줄줄 흘러내렸다. 초등학생과 유치원생 단체 관람객을 태운 코끼리 열차는 뿌뿌 소리를 내며 진입로 한가운데를 신나게 질주했다. 아이들의 머리카락이 급조된 바람에 날릴 때 나는 급기야 원망스러운 눈빛으로 음악 하는 서를 바라봤다.
"우리도 코끼리 열차를 탔어야 했어! 많은 사람들이 선택하는 건 생각 없이 따라 할 필요가 있다고."
"내 기억에 의하면 이 길이 꽤 가까웠는데."
"도대체 언제 적 기억인데?"
"다섯 살 때."

맙소사.

"그때는 아빠 머리 꼭대기에 앉아서 이 길을 갔었는데, 눈 깜짝할 사이에 입구에 도착했다고. 젠장, 처음이자 마지막인 기억이 잘못된 거라니."

"머리 꼭대기에 앉은 게 아니라 목말을 타고 갔겠지. 그리고 너는 몰랐겠지만 네 아버지 등은 분명 땀범벅이 됐을 거야."

동물원은 한산한 편이었다. 어린이 단체 관람객들도 서울랜드에서 놀이 기구나 타면서 빽빽 소리를 지르고 있었으니까. 세상에, 동물이 없는 우리도 있었다. 철창 앞에 "여긴 우리의 고향보다 더 더워요! 실내에서 기다리고 있을게요." 같은 안내문이 붙어 있어서 실내로 들어가 보면, 동물들은 절대로 그런 말을 내뱉은 적 없다는 듯 하품이나 쩍쩍 해 대고 있었다. 다리가 너무 아파서 죽은 듯이 누워 볼까 하고 두리번거렸더니만 산림욕을 할 수 있도록 설치해 놓은 정자마다 노인들이 한 자리씩 차지하고 있었다. "인간은 돈과 가족이 없으면 말년에 홀로 남아요." 꼭 동물원에서 이런 메시지를 전달할 목적으로 전시해 놓은 포유강 영장목 사람과의 동물 같았다.

"도대체 어디 있는 거야!"

음악 하는 서가 안내 책자를 보다가 마침내 신경질을 냈다. 우리는 타조와 얼룩말과 코끼리 주위를 몇 번이나 맴돌고 있었다. 나는 더 이상 참지 못하고, 정자에서 혼자 부채질을 하고 있는 할아버지에게 달려갔다.

"혹시 원숭이들 어디 있는치 아세요? 유인원관 근처에 있
는 원숭이 말고요."

"이 길로 쭉 가. 저기 노란색 건물 있지? 그 안에 원숭이들
이 아주 많이 있단다."

때로는 노인이 내가 가야 할 길을 안전하게 터 주는 연락선
역할을 하네? 나는 흐뭇해하며 음악 하는 서를 이끌고 노란
건물로 들어갔다. 동양관이란 이름에 걸맞게 아시아계의 뱀,
원숭이, 악어 등이 모여 있는 건물이었다. 원숭이들은 대부분
실내에 있었다. 하지만 우리가 찾던 그놈은 건물 바깥에, 그것
도 양지 바른 곳에 죽은 듯이 있었다. 사실, 존재하고 있는지
도 알 수 없었다. 뭐, 인공 통나무 하나만 달랑 엎어져 있었으
니까.

파란나비원숭이: 원숭이목 긴꼬리원숭잇과

분포 지역: 베트남

식성: 채식

특성: 털이 파란색이고 무리를 이루지 않고 살아감. 1976년
     이후 자연 상태에서는 멸종한 것으로 기록되었음.

음악 하는 서는 원숭이가 보이지 않는 우리 안이 자기 무덤
자리라도 되는 듯 심각한 얼굴로 서 있었다. 왜 하필 저 원숭
이를 보겠다는 건지. 우연히 화장실에 놓여 있던 신문을 보지

않았더라면 음악 하는 서는 파란나비원숭이의 존재를 몰랐을 것이다. 신문에는 베트남 호치민 동물원과 서울대공원이 자매결연을 맺고 양국의 희귀 동물을 1년 동안 교환 사육하기로 했다는 기사가 실려 있었다. 기사에 의하면 파란나비원숭이는 특유의 예민한 성격 때문에 통나무 속에서 나오지 않을 때가 대부분이라, 사육사들도 스트레스를 주지 않기 위해 먹이를 조심스럽게 통나무 앞에 갖다 놓는다고 했다. 바로 이 부분이 음악 하는 서를 자극했던 것이다.

인공 통나무를 바라보다가, 나는 그만 중심을 잃고 휘청거렸다. 알코올만이 아니라 과도한 태양에너지도 온전한 정신을 앗아 간다는 것을 원숭이 우리 앞에서 체험하고 있었던 셈이다. 그래서 썩은 사과의 목소리가 들렸을 때 처음에는 무더위 때문에 청각에 이상이 생겼나 했다. 그런데 정말 저쪽에서 내 이름을 부르며 뛰어오는 건 썩은 사과잖아? 썩은 사과는 왜 난데없이 동물원에 나타났을까? 알 수 없었지만 썩은 사과가 손까지 흔들며 나를 반긴 이유는 충분히 알 수 있었다. 옆에 파란 모자를 쓴 남자는 스토커가 분명했다. 썩은 사과는 나를 반가워한 게 아니었다. 단지 스토커와의 일대일 만남에서 벗어난 해방감을 내 이름을 부르며 만끽한 것뿐.

썩은 사과, 스토커, 나, 음악 하는 서.

우리 네 사람은 나란히 원숭이 우리 앞에 서 있었다. 자기소개 같은 건 필요 없었다. 썩은 사과가 나를 통해 음악 하는 서에 대해 알고 있듯이 내 머릿속에는 썩은 사과에게서 주워 들은 스토커의 정보가 들어 있었으니까. 어릴 적 엄마가 정부와 자살해 버린 그로테스크한 추억을 가진 남자. 대학 입학 후 어디에서나 모자를 쓰고 다녔는데, 어느 날 썩은 사과에게 모자 아래 감춘 두 눈을 들켜 버린 남자. 썩은 사과는 스토커의 마음을 얻는 일이 무가지를 손에 넣는 것만큼이나 쉬웠다고 했다. 그래서 열정이 식어 버린 후 미련 없이 버리고 싶었을 거다. 그런데 썩은 사과가 헤어지기 위한 구실을 아무리 만들어도 스토커는 모든 책임과 원인을 혼자 떠안으며 두 사람의 보다 나은 미래를 위해 노력하겠다고 말했다. 감정이 식어 버린 썩은 사과 입장에서 볼 때 그런 행위는 스토킹이나 다를 바 없었다. 하지만 내 눈에는 그냥 지구에 교미 가능한 여자가 썩은 사과 한 명이라고 착각하고 있는 20대 남자로 보였다. 스토커는 썩은 사과에게 엄마의 가치를 부여하고 있었다. 누구에게나 자신을 낳아 준 엄마는 우주를 통틀어 단 한 명일 테니까.

음악 하는 서는 스토커와 썩은 사과가 내 쪽으로 달려왔을 때 반사적으로 잠깐 고개를 돌렸을 뿐, 더 이상 관심을 보이지 않았다. 제아무리 스토커에게 우주적인 관심을 받는 썩은 사과라고 할지라도 음악 하는 서의 기준에서는 원숭이를 품고 있는 통나무보다 호감이 떨어지는 대상이었던 것이다. 스토커 역시 몸과 마음을 썩은 사과에게 바친 이상 나 같은 생명체는 눈에 들어오지 않을 테지. 외모나 성향이 제각기 다른 네 사람이 원숭이 우리 앞에 서 있다고 생각했는데 나는 곧 왼쪽, 오른쪽 두리번거리다가 음악 하는 서와 스토커에게 교집합적인 성향이 있음을 발견했다.

두 사람은 부모와 자식 사이처럼 이미 주어진 인간관계만 겨우 유지할 뿐, 누군가를 새로 만나려고 노력하지 않는다. 그렇다고 타인을 무조건 거부하는 것은 아니었다. 아파트 감수성이라고 해야 할까. 암호를 눌러야만 건물 안으로 들어갈 수 있고, 집 앞에서도 또 암호를 눌러야만 출입이 허락되는 아파트 내부. 암호와 암호로 무장하고 있지만 보란 듯이 밤새 불을 밝혀 놓은 그 방 안에 두 사람의 마음이 자리 잡고 있는 것이다. 하지만 손님이 나가도 뒤도 돌아보지 않는 음악 하는 서와 달리 스토커는 쓸데없이 손님에게 집착하고 있었다. 나는 비슷한 것도, 아닌 것도 같은 두 남자 사이에 서 있다가 그만 다시 현기증을 느끼고 말았다. 햇빛 아래 무방비 상태로 서 있었더니 마약 주사라도 맞은 것처럼 몽롱했다.

"그런데 여기서 뭐 해?"

"원숭이 기다리고 있어."

썩은 사과는 원숭이가 없는 원숭이 우리를 어이없다는 듯 바라보았다. 반면 스토커는 고개를 앞으로 쭈욱 빼더니 주의 사항을 유심히 읽었다.

온몸이 파란 원숭이, 정말 신기하죠? 하지만 절대 사진은 찍지 마세요. 예민해서 통나무 속으로 들어가면 며칠 동안 나오지 않아요. 파란나비원숭이는 컨디션이 좋을 때만 통나무 밖으로 나와요. 하루 종일 서 있어도 파란나비원숭이를 못 볼 수도 있어요. 그래도 믿으세요! 저 통나무 안에는 극적으로 발견된 희귀 동물 파란나비원숭이가 있답니다.

주의 사항 따위를 빠짐없이 읽는 스토커를 보고 있자니, 저 집중력과 적극성을 다른 분야에 투자한다면 스토커의 미래가 여름 햇살만큼이나 밝고 건강하리라는 생각이 들었다.

"대단한 놈인걸? 종의 계보를 다시 작성한 원숭이야. 멸종한 줄 알았는데 올해 베트남에서 다시 발견됐대. 나비가 날갯짓하듯 우아하게 나무 사이를 건너뛴다는데? 그래서 파란나비라고 불린대. 아, 이 부분은 좀 슬프군. 발견 당시 부모로 보이는 원숭이 유골 근처에 웅크리고 있었다. 동굴에서 이끼만 먹으며 생존한 것으로 추정됨."

스토커는 썩은 사과를 향해 말했지만,

"이거 미친 짓 아냐? 봐, 우리만 서 있다고. 저 원숭이는 안 나온다잖아!"

썩은 사과는 나를 보며 소리쳤다.

표준적인 인간이 판단할 때 우리의 행동은 집단 병리학적인 현상으로 보였을지도 모른다. 대부분의 사람들은 10분도 버티지 못하고 미련 없이 다른 동물을 보러 떠났으니까. 그렇다고 원숭이 우리 앞을 떠나자고 외쳐 댄 썩은 사과가 표준 인간이란 소리는 아니다.

썩은 사과를 처음 봤을 때는 발그레한 볼에 동글동글한 얼굴형만 눈에 들어와서 사과처럼 생겼네? 라고만 생각했다. 그런데 친구라는 인간관계로 엮이다 보니 불필요한 정보까지 알게 되었다. 사과를 닮은 내 친구는 배터리 충전하듯 주기적으로 구멍에 페니스를 꽂아야 삶의 활력을 얻는 모양이었다. 그렇게 에너지를 공급해 준 남자들은 시간이 지나면 수명이 다한 배터리처럼 버려졌다. 하지만 그 누구도 자신이 버림받았다는 현실을 깨달을 수 없었을 거다. 내 친구는 헤어진 후 상대방의 기억에 좋은 이미지로 남는 방법을 백만 스물두 가지쯤은 알고 있으니까. 친구의 사적인 모험담을 듣다 보면 입 냄새 비슷한 악취가 콧속으로 들어오는 것 같았다. 뭐야, 이거 그냥 사과가 아니라 썩은 사과잖아? 하지만 나는 친구의 고유한 냄새를 인정해 주기로 했다.

"마음으로 교신을 보내면 나오지 않을까?"

스토커는 원숭이에게 텔레파시라도 보내듯 통나무를 뚫어져라 바라보기 시작했다. 그 순간 음악 하는 서의 고개가 왼쪽으로 틀어지는 기현상이 일어났다. 음악 하는 서의 눈빛이 스토커에게 닿기 위해서는 반드시 내 얼굴을 스쳐 지나야 한다. 일방적으로 음악 하는 서를 사랑하는 사람의 입장에선 긍정적인 현상이었다.

'만일 저 통나무에서 온몸이 파란 원숭이가 나온다면 그야 말로 내 생애 최고로 극적인 장면을 목격하는 것이리라.' 하도 할 일이 없어서 음악 하는 서의 생각을 한번 추측해 보았다. 나는 파란 원숭이가 통나무 밖으로 나오거나 말거나 인생에 이렇다 할 영향을 끼치지 않으리라 여겼는데, 막상 통나무 끝 에서 파란 생명체가 얼굴을 내밀자 그만 깜짝 놀라고 말았다.

파란 원숭이는 상반신까지 내밀고 우리 네 사람을 향해 두 눈을 깜빡거렸다. 그런데 내가 본 게 과연 원숭이었나? 생김 새는 분명 원숭이였지만, 파란 털로 뒤덮여 있으니 과천동물 원에서 우연히 화성 외계인을 포획한 후 파란나비원숭이라고 부득부득 우기고 있는 게 아닐까, 그런 생각마저 들었다.

"다른 데로 가자니깐!"

썩은 사과가 소리를 지르자 원숭이도 끼익, 소리를 지르더 니 도로 통나무 속으로 들어갔다.

"파란 원숭이 봤어?"

얼떨결에 고개를 왼쪽으로 돌리는 바람에 나는 그만 스토커 에게 묻고 말았다.

"정말 파랗더군. 방금 저놈의 선천성 고독 같은 것이 느껴 졌어."

스토커가 억양 없는 목소리로 대답했다.

"원숭이 주제에 예민하긴. 총소리라도 들었으면 심장 발작으로 죽었겠네. 저러니 생태계에서 멸종하지."

썩은 사과가 말했다. 그 순간 왜 스토커의 파란 모자가 내 눈에 들어왔을까. 썩은 사과는 원숭이가 아니라 스토커의 말을 비웃은 것 같았다. 그렇다면 일방적으로 한 사람을 좋아하는 스토커와 나 같은 부류를 무시한 게 아닌가! 나는 스토커의 파란 모자를 바라보다가 스토커와 나의 교집합 성향을 발견했다.

"너한테 저 원숭이를 비웃을 권리는 없어! 나는 저 원숭이가 좋아! 저런 원숭이 스타일의 남자가 내 이상형이야!"

나는 썩은 사과를 향해 소리쳤다. 음악 하는 서가 기분 나쁜 눈빛으로 나를 쳐다봤다.

"그래, 원숭이 닮은 남자 실컷 사랑해."

썩은 사과가 대답했고,

"파란나비야, 사랑한다. 어떻게든 이 지구에서 꿋꿋하게 살아남아라."

나는 악이 올라 통나무를 향해 외쳤다. 바로 그 순간 파란나비원숭이가 통나무 끝에서 수줍게 얼굴을 내밀었다가 후다닥 도로 들어갔다.

"집에 가야겠어. 원숭이가 정말 파랗다는 것을 확인했으니까."

애초에 파란나비원숭이 따위 동물원에 없어도 내 알 바 아니었지만 음악 하는 서와 함께 있을 기회를 놓치고 싶지 않았다. 그런데 음악 하는 서는 목적을 달성하자마자 집에 가겠다고 선언하다니! 썩은 사과가 입술 끝을 올리며 내 처지를 비웃었기 때문일까? 내 출생의 가치가 마구 떨어지면서 죽고 싶다는 생각마저 들었다.

"정말 감동적이었어. 원숭이도 감동한 나머지 저 통나무 안에서 몸 둘 바를 모르는 것 같아. 저놈은 태어나서 그런 고백을 처음 받아 봤겠지?"

스토커가 억양 없는 목소리로 떠들거나 말거나 나는 쇠고기 열 근 반 무게의 우울을 양어깨에 짊어진 듯한 기분에 휩싸여 있었다.

집에 온 후에도 내 감정 상태는 나아지지 않았다. 어떻게 그 상황에서 음악 하는 서는 혼자 돌아갈 수 있지? 우울과 화를 참지 못하고 밤늦게까지 침대에서 뒹굴대고 있는데, 휴대폰이 울렸다. 음악 하는 서가 내 마음을 전송받고 전화한 거라고 생각하자 우울과 화 같은 부정적인 감정들이 흐름을 멈췄다. 나는 냅다 전화를 받았다.

"스토커 떨어져 나갔어. 마지막으로 동물원에 가고 싶다고 해서 같이 가 줬더니, 그동안 고마웠대."

썩은 사과였다. 그 애는 마지막 데이트 장소를 왜 동물원으로 잡았을까? 쳇, 그게 나하고 무슨 상관이야? 아, 어느 날 내가 보이지 않는 곳으로 영원히 떠난다면 음악 하는 서는 어떤 반응을 보일까? 동물원에서 무의미하게 스쳐 보낸 내 눈빛,

목소리, 얼굴이 마지막이라는 것을 알게 된다면? 음악 하는 서가 내 마지막 모습을 추억할수록 내 출생의 가치는 마구 높아지리라.

나는 썩은 사과와 서둘러 통화를 끝내고 음악 하는 서에게 신호를 보냈다. 음악 하는 서와 통화를 길게 하려면 호기심을 자극하는 말을 해야 한다. 그래서 나는 내일 아침 청량리역에 갈 거라고만 말했다. 만일 음악 하는 서가 그때 전화를 받지 않았더라면 나도 이렇게 청량리역에서 시간을 휴지처럼 풀어 헤치고 있지 않았겠지.

열차가 도착하고 있다는 안내 방송이 흘러나왔다. 순간 신이 내 시간을 돌돌돌 말아 버린 느낌이다.

기차는 과거를 재생하는 기계가 아닐까?

기차는 혹시 과거를 재생하는 기계가 아닐까? 기차가 속력을 내자 창밖 풍경이 그 자리에 버려진다. 버려지는 풍경을 멍하니 보고 있으니 미래도, 현재도 아닌 기억이 무작위로 떠오른다. 부옇고 탁한 느낌의 과거가 파란나비원숭이처럼 나무와 나무 사이를 건너뛰며 빠르게 기차 뒤를 따라오는 것이다.

기차가 달리는 동안 손목에 팔찌처럼 걸려 있던 소보로빵 봉지가 잠깐 흔들렸는데, 순간 소보로빵이 내 곁에 있는 이유를 알게 됐다. 어젯밤의 통화에서 음악 하는 서는 다급한 목소리를 냈다. 나는 약하게나마 음악 하는 서의 마음을 흔들어 놓는 데 성공한 것이다. 그 후 내 머릿속은 음악 하는 서가 앞으로 보여 줄 반응에만 집중되어 있다. 그러니까 소보로빵은 의미 없이 내 손목에 매달려 있는 것이다.

음악 하는 서는 무엇을 하고 있을까?

아, 나는 음악 하는 서를 생각할 수 없었다. 대신 눈을 동그랗게 뜨고, 창밖을 다시 바라보았다. 저 끝에서 파란나비원숭이가 나무와 나무 사이를 건너뛰며 기차를 쫓아오고 있는 게 아닌가! 원숭이는 곧 기차의 속력을 따라잡지 못하고 과거에 묻히듯 뒤편으로 아득하게 사라졌지만 그 부드럽고 아름다운 점프 장면이 내 머릿속에서 계속 재생되고 있다. 어제 원숭이 우리 앞에서 스토커가 이 원숭이는 나비의 날갯짓처럼 우아하게 어쩌고 할 때는 제대로 느낌이 오지 않았는데, 직접 눈으로 확인하고 나니 왜 원숭이에게 파란나비라는 이름을 붙였는지 단번에 이해할 수 있었다. 마치 원숭이 모양의 파란나비 한 마리가 나무와 나무 사이를 우아하게 날아다니는 것 같았다.

파란 원숭이가 나비처럼 날아다니는 베트남의 숲 속 장면이 머릿속 스크린에 펼쳐지기 시작했다. 파란 원숭이는 가볍게 나무와 나무 사이를 옮겨 다닌다. 어둠 속에서 반짝반짝 빛나는 원숭이의 존재감. 깜깜한 밤, 나무에 목을 매달아 자살하려던 사람도 파란 원숭이가 지나가면 미로 같은 숲을 빠져나오게 된다. 컨디션이 좋을 때만 눈부시게 비상하는 원숭이를 행운의 상징으로 여기면서.

아, 신경 쓰인다, 이 인간들. 비록 엄마로 보이는 나이 든 여자는 마취 주사라도 맞은 것처럼 등받이에 머리를 기대자마자 곯아떨어졌고, 꼬마는 창밖을 내다보고 있다지만 생판 모르는 사람들끼리 마주 앉아 있는 건 정말이지 불편한 상황이라고. 그런데 비록 한순간이었지만 새파란 원숭이가 기차를 열심히 쫓아왔는데, 어째서 한 사람도 눈길을 주지 않는 거야? 세상에, 내 옆에 앉은 아저씨는 세상을 외면하고 싶다는 듯 아예 두 눈을 질끈 감았군. 하지만 나는 침묵했다. 누구라도 붙잡고 파란나비원숭이에 대해 묻고 싶었지만 나만 그 장면을 봤다면 사이코 취급을 받을 게 뻔하니까. 그러고 보니 맞은편 꼬마는 창문에 손까지 대고 뚫어져라 밖을 내다보고 있었지.
　"얘, 이 누나한테 몇 분 전 네가 혹시 무엇을 봤는지 말해 줄 수 있니?"
　"그 빵 하나 주면 말해 주지."
　꼬마는 내 눈을 똑바로 보고 흥정을 걸었다. 세상을 살아가려면 네 나이에 사소한 흥정쯤은 할 줄 알아야 한다, 꼬마의 엄마는 자식에게 이런 교육을 시킨 것이 아닐까. 나는 지하도 거지에게 자선을 베푸는 심정으로 소보로빵 한 개를 휙 던져 주었다. 꼬마는 빵을 받아들자마자 우적우적 씹어 먹기 시작했다. 생존 본능이 느껴지는 그 장면을 보고 있자니 꼬마가 나름대로 이유 있는 흥정을 한 것처럼 생각되었다.

"새가 공중에서 똥 싸는 장면을 봤어."

꼬마는 입가에 묻은 빵가루까지 모조리 먹어 치우고는 시무룩한 표정으로 다시 창밖을 바라본다.

혹시 파란나비원숭이가 쫓아왔던 건 기차가 아니라 내가 아니었을까? 이런 미래가 펼쳐질 줄 알았다면 파란나비원숭이에 대해 연구를 해 두는 건데. 하지만 내 나이에 미래를 염두에 둔 대책 마련이란 취직을 위한 영어 공부와 자격증 취득, 공무원 시험 준비 정도일 것이다. 음악 하는 서처럼 방에 틀어박혀 사는 청춘이라고 해도 어느 날 파란나비원숭이가 기차 뒤를 따라오리라고는 예상하지 않을 테지.

청년기의 끝을 알려 주는 파란나비원숭이 출현! 그러나 청년들이여, 더 이상 겁먹지 마십시오. 파란나비원숭이가 출현하면 바로 지급되는 수익률 최고의 청년 대상 보험 상품. 35세가 될 때까지 원숭이가 나타나지 않을 시에는 원금을 돌려드립니다.

유령 보험회사라고 해도 이런 상품을 내놓을 리 없다. 이런 게 바로 현실이다. 잠깐, 이 순간 왜 내 머릿속에서 음악 하는 서의 얼굴이 통나무에서 살짝 얼굴을 내밀던 파란나비원숭이의 얼굴과 겹쳐지지? 기막힌 이야기가 머릿속에서 전개되기 시작한다. 부모가 죽어 버린 미래에, 음악 하는 서는 유산으로 물려받은 아파트에서 자신만을 위한 음악을 한다. 그러던 어느 날 세상이 쥐 죽은 듯 고요하여 밖으로 나왔더니 인간들이 보이지 않는다. 음악 하는 서는 주위를 두리번거리다가 지구의 새로운 주인에게 발견되어 우리에 갇혀 사육당한다. 음악 하는 서는 언어를 잊어 갈수록 동족이 멸종한 이유를 알고 싶어 몸부림치겠지. 그런데 음악 하는 서는 왜 그런 성격을 갖게 된 걸까? 언젠가 음악 하는 서에게 어린 시절 기억에 남는 일화를 들려 달라고 했더니 "베란다에서 바라본 파란 하늘 그리고 벽"이라고만 말했다. 어쩌면 그때부터 음악 하는 서는 혼자 아파트 벽을 바라보며 궁금증을 키웠을지 모른다. 왜 부모는 아침에 나갔다가 밤늦게 들어오는 거지? 나는 뭣 때문에 만든 거지?

"청량리역에는 왜 가는데?"

"청량리역에서 다른 곳으로 갈 거야."

"질문의 요점을 파악하지 못하는군. 내 말은 그 어디든 왜 가느냐고!"

"말하고 싶지 않아!"

음악 하는 서는 이유를 말하라고 끈질기게 다그쳤다. 나에게 관심이 있다기보다 그저 음악 하는 서가 유일하게 참지 못하는 것이 바로 궁금증이었을 뿐이다.

'아니, 도대체 어딜 가기에 말할 수 없다는 거지? 궁금해 미치겠네.'

어젯밤, 나는 수화기 너머로 음악 하는 서의 마음을 훤히 들여다볼 수 있었다. 한 사람에게 집중하다 보면 그 사람의 특성이 자연스럽게 감각의 영역에 들어온다. 신기하게도 내 눈은 혼자 돌아다니는 사람을 기막히게 발견한다. 나는 수화기를 귀에 바싹 붙이고 나의 특성을 생각했다. 그 와중에도 음악 하는 서는 짜증 섞인 목소리로 나를 다그치고 있었다. 도대체 왜 가냐고! 왜! 왜! 왜!

"내가 계속 널 좋아하면 너도 언젠가 나를 좋아할 수 있을까?"

"그럴 수도 있겠지. 그런데 왜 가는데?"

음악 하는 서의 또 다른 특성. 음악 하는 서는 거짓말을 할 줄 모른다. 순간 차라리 썩은 사과처럼 유혹의 언어를 거침없이 내뱉는 것이 상대를 위하는 방법일 수도 있겠다는 생각이 들었다. 앞으로 살면서 언어의 달콤함을 맛볼 기회는 흔치 않을 것이므로.

"나 죽으러 가!"

"전화 끊지 마! 어?"

음악 하는 서의 다급한 목소리를 들으며 나는 전화를 끊었다.

음악 하는 서는 다시 전화를 걸더니 이번에는 왜 죽으러 가느냐고 질문을 바꿨다. 썩은 사과의 구멍에 삽입될 페니스가 교체되는 것과 다를 바 없는 화법이다. 음악 하는 서가 포기한 것은 내가 단호하게 전화를 끊어 버리겠다고 말한 후였다.

"내일 홍대 앞 클럽에 가자. 자살하는 것보다는 노브레인 공연 보는 게 낫지 않겠어? 7시까지 신촌 현대백화점 앞으로 나와."

클럽에서 펑크록 공연을 보면 자살할 생각이 연기처럼 사라질 거라는 건가? 좁은 클럽은 마니아들로 붐벼 대겠지. 그들은 손을 치켜들면서 암호와도 같은 고함을 지겹게 질러 댈 것이다. 수류탄이라도 쥐고 있다면 어느 순간 나는 정신의 회로가 끊긴 것처럼 아득한 상태에서, 무대 중앙으로 집어 던질지도 모른다. 조용하게 생을 마감하려다가 결국 사소한 이유로 테러리스트가 되고 마는 것이다. 죽으러 간다는 사람에게 클럽에 가자는 제의를 하다니! 아무리 생각해도 이해할 수 없다.

오후 3시. 휴대폰 전원을 켰더니 썩은 사과의 메시지가 열 개나 도착해 있다. 부재중 전화 다섯 통. 제발 전화 좀 받으라는 메시지 두 개. 전화하라고 명령하는 메시지 세 개. 썩은 사과는 영락없는 호모 핸폰쿠스다. 가끔 썩은 사과의 전화번호에 수신 차단 기능을 설정해야 할 필요성을 느낀다. 썩은 사과가 전화를 걸면 내 휴대폰에서는 "지금은 통화를 할 수 없으니……." 이런 기계음이 자동으로 흘러나오도록. 전원을 껐다.

춘천에 도착하자마자 음악 하는 서에게 문자 메시지를 남길 생각이다. 나는 이미 떠났으니 약속 장소에는 나가지 말라고. 침울함이 전해지도록 메시지를 작성할 것이다. 춘천에 도착하면 해야 할 일이 하나 더 생겼다. 휴대폰 전원을 켜고, 소보로빵을 먹고, 음악 하는 서에게 문자 메시지를 보내야 한다. 음악 하는 서에게 메시지를 남기는 일은 절대 잊으면 안 된다. 음악 하는 서는 분명 약속 장소에 나갈 것이다. 자신이 내 영혼을 구했다고 생각하며 쇠고기 한 근 반 무게의 자신감을 어깨에 얹고, 뻔뻔하게 현대백화점 앞에 서 있겠지. 음악 하는 서는 지키지 못할 약속 같은 건 절대 하지 않는 사람이다. 그래서 나는 음악 하는 서의 말을 믿을 수밖에 없다.

"그 사람이 음악 한다는 건 어떻게 믿어? 연주하는 거 봤어?"

"없어. 하지만 기타를 메고 온 걸 본 적은 있어."

"이름을 모른다는 게 말이 돼?"

"1년 후에 가르쳐 준다고 했어. 그 전에 우리가 헤어질 수도 있으니까. 어차피 잊힐 거면 알려 주고 싶지 않대. 이름이 뭐가 중요해? 그 사람이 무슨 일을 하고 있느냐가 중요한 거 아냐?"

"성이 서씨라는 건 어떻게 알았어?"

"내가 준 편지 읽어 보더니 성과 나이가 같다고 하던걸? 성은 고유명사가 아니라면서 가르쳐 줘도 된다고 했어."

"21세기에 편지를 줬단 말이야? 그래서 서 씨도 답장을 했어?"

"서가 자주 밥을 먹는 식당 앞에서 내가 기다렸어. 그날 서는 휴대폰 번호를 가르쳐 줬지. 적어도 우리 학교에서 서의 휴대폰 번호를 아는 여자는 나밖에 없을걸?"

"그럼 그 서 씨는 휴대폰을 왜 산 거래?"

"아버지가 사 주셨대. 시계로만 사용하면서 이동 통신 회사와 대기업을 속으로 조롱한다는데?"

"컬트적인 관계군."

썩은 사과는 음악 하는 서를 믿지 말라고 충고했다. 나 같은 타인에게 숨겨야만 하는 사연이 있기 때문에 음악 하는 서가 이름을 알려 주지 않는 거라고 했다. 상대의 말을 믿기 전에 반드시 의심을 해 보는 것이 안전한 사고방식이라고 강조하기도 했다.

"서는, 거짓말을 하지 않아. 음악을 이용해서 돈을 벌겠다는 생각도 안 한다고. 동물적인 본능이 거의 느껴지지 않는다고 할까. 어쩌면 너보다 진화한 인간인지도 몰라. 서 같은 사람만 지구에 있으면 전쟁도 일어나지 않을 거야."

"그걸 지금 장점이라고 얘기하는 거야? 물론 그런 인간만 있으면 전쟁은 없었겠지. 하지만 문명도 발생하지 않았을걸? 인간은 멸종했을 테고. 모든 인간이 각자 방구석에 처박혀 있다가 마지막에 들릴락 말락한 한숨이나 내뱉으며 죽어 가겠지.
내 충고 새겨들어! 머리끝에서 발끝까지 잘 보란 말이야. 너
를 만날 때 좀 더 오래 있고 싶다는 의사표시를 하거나, 별일
도 아닌데 연락을 한다면 도전해 볼 만해. 하지만 아무 반응도
없다면 당장 버려. 잘될 가능성이 없는 사람한테 시간을 낭비
하지 마. 소모적인 일이야."
　지금도 내 머릿속에는 썩은 사과의 충고가 들어 있다.

　꼬마의 표정이 시무룩하다. 꼬마 주제에 인생의 단맛과 쓴
맛을 경험한 중년처럼 창밖을 바라보는 저 꼴 좀 보라지. 연장
자로서 이 기회에 쓸데없는 친절을 베풀어 보기로 했다.
　"애, 누나가 재미있는 얘기 해 줄까?"
　"과자하고 바나나 우유 사 주면 들어 주지."
　홍익회 직원이 지나갈 때 비스킷과 바나나 우유를 사서 꼬
마에게 휙 던져 주었다. 꼬마는 음식을 받자마자 정신없이 먹
기 시작했다. 시공간을 초월해서 전쟁고아와 한 기차에 탄 것
만 같았다.
　"이제 말해."
　"옛날에 어떤 여자가 있었는데, 젊은 나이에 자신의 의지로
하늘나라에 가려고 했어. 그런데 그만 지옥에 떨어진 거야. 여
자는 당황했어. 하늘나라에 가고 싶었던 거지, 지옥에 가려던
건 아니었거든. 그래서 잘못 왔다고 고래고래 소리쳤지. 지옥

의 문지기 말이 자기 의지로 하늘나라에 오는 사람들 중 몇 퍼센트가 지옥으로 떨어진다는 거야. 지옥에서 영원히 살든지, 다시 돌아가서 지옥 같은 삶을 살든지 둘 중 하나만 선택해야 된대. 그래서 여자는 생각하다가 돌아가겠다고 말했어. 그런데 지옥의 문지기 말이 그래도 종착지는 지옥이래. 한 번 끝난 인생은 종착지를 바꿀 수 없다는 거야. 인생은 왕복이 아니라 편도라나 뭐라나."

꼬마는 어느새 비스킷과 우유를 다 먹고 시무룩한 표정을 짓고 있었다. 정말로 쓸데없는 친절이었다.

"그러면 네가 누나한테 재미있는 얘기 좀 해 줄래?"

"아는 애가 고아원에서 성질 더러운 원장한테 심심하면 얻어터지다가 도망쳤어. 그런데 일주일 만에 굶어 죽을 뻔했지. 결국 걔는 가지고 있던 동전을 털어서 고아원에 전화했어. 왜 그랬냐고 물어보니까 굶어 죽는 것보다는 죽지 않을 정도로 얻어터지다가 밥 먹는 게 더 좋대. 정말 재밌지?"

"너 그 친구한테 잘해 줘야겠다."

"잘해 주긴, 함부로 태어났으니까 함부로 사는 거지."

꼬마는 다시 중년의 피로한 눈으로 창밖을 바라보았다. 무인도에서 마주쳐도 말을 걸고 싶지 않은 꼬마였다.

창밖으로 스쳐 가는 풍경을 보고 있자니 파란나비원숭이, 아니, 사람들이 생각나기 시작했다. 그중 썩은 사과가 나를 바른길로 인도해 주려고 애쓰는 친구처럼 보였을 때는 정말이지

꿋꿋하게 살고 싶다는 생각마저 들었다.

자살을 목적으로 기차에 탄 사람은 나 하나밖에 없는 것 같았다. 대학생들은 정신없이 수다를 떨다가도 기차가 멈추면 잘도 짐을 챙겨 내리곤 했다. 내가 가 본 장소에서 내린 팀도 있었다. 어쩌면 나 역시 다른 사람이 이미 죽은 장소에서 주책없이 마지막 폼을 잡고 있을지도 모른다.

하이요, 하이요.

나는 다시 눈을 동그랗게 떴다. 파란나비원숭이가 나무와 나무 사이를 필사적으로 뛰어넘고 있었다. 기차가 서행하자 파란나비원숭이는 간격을 좁히려고 안간힘을 쓰기 시작했다. 하지만 기차가 완전히 정지했는데도 원숭이와 나 사이에는 여전히 나무 몇 그루의 간격이 존재했다. 아무리 노력해도 좁혀지지 않는 거리가 있다니! 순간 창밖을 보고 있던 꼬마가 자리에서 벌떡 일어났다.

대단히 놀란 모양이었다. 이제 꼬마와 거래 없이 파란나비원숭이에 대해 말할 수 있게 되었다. 꼬마는 잠든 엄마를 흔들어 깨우기 시작했다. 그런데 조심스러운 목소리로 "일어나세요."라고만 말했다. 타인과는 잘도 홍정을 하면서 엄마 앞에서는 예의를 차리다니.

"너무 놀라지 마."

꼬마는 내 말 같은 건 한 귀로 흘려버리고 엄마를 깨우는 데 최선을 다했다. 꼬마의 엄마는 죽었다가 살아난 사람처럼 어리둥절해했다.

"역을 두 번이나 지나쳤어요. 자느라고 몰랐어요."

꼬마는 풀이 죽은 목소리로 말했다. 두 사람은 서둘러 기차를 빠져나갔다. 꼬마와 엄마 사이에는 일정한 거리가 있었다. 하지만 필사적으로 거리를 좁히려는 파란나비원숭이와 달리 꼬마는 엄마와 의도적으로 간격을 두고 걷는 것처럼 보였다. 이송되는 죄수처럼 고개를 숙인 채 여름 햇살을 온몸으로 맞으며 마지못해 여자 뒤를 따라가고 있었다.

기차가 속력을 내기 시작하면서 파란나비원숭이는 기차의 긴 꼬리 뒤로 아득하게 멀어져 갔다. 좌석 위로 불쑥 솟은 불특정 뒤통수들을 쳐다보느니 파란나비원숭이의 기차 추격전을 감상하는 편이 훨씬 나을 것이다. 하지만 목적지가 있는 사람은 그 무엇에도 현혹되어선 안 된다. 파란나비원숭이가 두 번째로 출현했을 때 왜 내 귀에 열차의 안내 방송이 들어오지 않았던 걸까? 파란나비원숭이가 아무리 유난을 떨어도 더 이상 바라보지 않기로 했다. 나는 반드시 춘천역에서 내려야 하니까. 그런데 두 번째로 본 파란나비원숭이는 참 우스꽝스러웠다.

하이요, 하이요? 얼추 '파이팅' 정도를 의미하는, 파란나비원숭이들의 언어인가? 파이팅, 파이팅을 외치면서도 결국 간격을 좁히지 못하고 홀쩍홀쩍 기차 뒤편으로 사라지는 그 꼴

이란. 파란나비원숭이는 계속 전진하고 있지만 달리는 기차에
서는 그 모습이 훌쩍훌쩍 우는 소리를 내며 멀어져 가는 것처
럼 보이는 것이다. 만일 파란나비원숭이가 바로 내 옆에 앉아
있다면 어떨까? 우선 나는 반가운 마음에 아는 체를 하겠지.

“어? 나 알지? 아까 기차 쫓아올 때 내가 구경했잖아.”

파란나비원숭이는 내 얼굴을 쳐다보고는 “참 예쁘게 생긴
인간이라고 생각했는데 옆 자리에 앉게 되다니, 역시 나는 극
적으로 살아남은 행운의 원숭이야!”라고 원숭이만의 언어로
말할 테고.

“그래그래, 무슨 말인지 못 알아듣겠지만 어쨌든 반가워.”

나는 파란나비원숭이의 어깨를 툭 치겠지. 하지만 더 이상
대화를 이어 갈 수 없을 것이다. 파이팅을 외치면서 뒤처지던
그 모습이 자꾸 떠올라 웃음을 참지 못할 테니까. 처음 기차에
서 바라본 파란나비원숭이의 모습은 신비하고 멋졌다. 하지만
두 번째로 목격한 파란나비원숭이는 안쓰럽다 못해 우스꽝스
럽기까지 했다. 영문을 모르는 파란나비원숭이는 고개만 갸웃
거리겠지. 파란나비원숭이는 절대 자신의 우스꽝스러움을 발
견하지 못한다. 오직 타인의 눈에만 보인다. 나는 철저하게 타
인이기 때문에 그 우스꽝스러움을 보고 맘껏 웃어 버릴 수 있
는 것이다. 파란나비원숭이에게는 안타까운 일이지만 말이다.

즐겁게 춤을 추다가 그대로 멈춰라

나는 파란나비원숭이가 아니야.

춘천역 대합실에서 음악 하는 서에게 문자 메시지를 보냈다. 아무리 서가 뙤약볕에서 기다려도 나는 결코 모습을 드러내지 않겠다는 의미가 담겨 있었다. 음악 하는 서는 과연 나의 메시지를 제대로 이해할까? 전원이 켜진 휴대폰을 옆에 내려놓고, 목적지를 찾아 이동하는 사람들을 구경했다. 동물원 관람 후유증인지, 남녀노소 할 것 없이 모두 지구라는 공간에 멋대로 살라고 신이 방목해 놓은 동물처럼 보였다. 그래서 인간은 보란 듯이 앙팡테리블(enfant terrible)이 되어…… 아! 벨소리가 울린 순간 내 머릿속에 있던 잡념이 공중분해되었다. 나는 바로 휴대폰을 귀에 붙였다. 지금 어디 있느냐고 묻는 음악 하는 서의 목소리가 생생하다. 나는 춘천에 왔다고만 말했다. 음악 하는 서는 내 생존 여부를 확인한 순간 피식 웃었다.

"왜 하필 춘천에 갔어?"

"그냥."

"그럼 닭갈비나 먹고 와."

"놀러 온 게 아니야. 나는 정말 죽을 거야."

음악 하는 서는 잠깐만 끊지 말라고 재빨리 말을 바꿨다. 그러거나 말거나 통화를 끝냈다. 휴대폰은 자살 연습을 해 보는 사람에게 필수품이다. 사람들의 목소리에 감정이 흔들린다고? 아직 실전에 도전하기는 이르군.

다시 벨이 울렸다. 음악 하는 서에게 유언을 전하는 듯한 목소리로 잘 지내, 라고 말하려고 했다. 그런데 썩은 사과였다. 나는 썩은 사과가 보내는 신호음이 춘천의 허공에 소음처럼 퍼지게 내버려 두다가 전화를 받는다. 왜 이제야 전화를 받느냐고 다그치는 썩은 사과의 목소리가 확 쏟아져 들어왔다. 썩은 사과는 내가 자살을 하기 위해 춘천에 왔다는 것을 생각조차 할 수 없을 것이다. 그래서 이번에도 춘천에 왔다고만 말했다.

"그 사람이 이제 내 전화를 안 받아."

"누구?"

"류동연."

"난 모르는 사람이구나. 근데 왠지 들어 본 것도 같고."

"네가 왜 몰라! 어제 동물원에서 만나 놓고."

"그게 스토커 이름이었어? 쓰레기 처리된 거 축하해."

썩은 사과는 침묵했다.

"동물원에서 헤어질 때 날 마음에 묻겠다고 말하지만 않았어도. 정말이야, 나는 홧김에 죽어 버리라고 소리친 거였어. 그런데 그 사람 새벽에 목을 매달았나 봐. 뉴스에 그 사람 사는 건물만 나왔을 때 설마 했는데, 그 원룸이 보이니까 할 말이 없는 거야. '그 어디에도 내가 들어갈 곳이 없다.' 유서는 이 한 줄이 다였대. 뉴스에선 복학생이 청년 실업을 비관해서 자살했다고 하고."

“잠깐! 그게 왜 청년 실업 비관 자살이야? 네가 죽인 건데?”

“뭐? 넌 누가 죽으라고 하면 다음 날 바로 목매달아 죽니? 어쩌면 정말 그 사람은 실업자가 되는 게 겁났던 건지도 몰라. 그 정도로 소심한 사람이었다고. 그래도 난 이 얘기 할 사람이 너밖에 없다고 생각해서 전화한 건데, 넌 한가하게 춘천에 놀러 가서 무슨 전화를 이딴 식으로 받아? 사랑하는 사람이 세상에 없다는 게 어떤 건지 네가 알기나 해? 그건 전화를 안 받는 거야. 내가 전화를 걸어도 영원히 신호만 울리는 거라고.”

“나한테 말하지 말고 시체 앞에 가서 고백해!”

나 참, 마음에서 죽었던 사람이 갑자기 부활하다니. 감정의 일대 혁명이 일어났네. 나는 썩은 사과의 전화를 끊었다. 땡볕 아래 서 있는 것이 지겨워서, 그늘을 찾아 초록색 플라스틱 의자에 털썩 주저앉았다. 의지할 것은 소보로빵 두 개뿐이라는 듯 빵 봉지를 가슴에 꼭 끌어안은 채.

하이이이이이익 하이이이이익 하이이이이이이이이익, 하익, 하익!

파란나비원숭이가 갑자기 돌격해 오더니 소보로빵 봉지를 냅다 낚아채 갔다. ‘하이요’가 파이팅인 것은 알겠는데, ‘하익’은 무슨 뜻이야? 왜 원숭이는 인상을 쓰며 소보로빵을 확 빼앗아 간 걸까? 이런! 원숭이의 파란 뒷모습이 투명한 햇살에 녹아 버리듯 없어진 후에야 나는 방금 전 두 눈 똑바로 뜨고 소매치기당했다는 현실을 깨달았다. 오고 가는 사람들은 내가 어떤 일을 당했는지 모른다. 나는 소보로빵을 소매치기당한 채 춘천 하늘 아래에 멍하니 서 있을 뿐이다. 과연 이곳이 내 인생의 종착지일까 생각하면서.

만일 내가 춘천의 어느 여관에 들어가 자살에 성공한다면 뉴스에는 20대 청년이 또 실업 비관 자살을 했다고 나올 수도 있겠지. 개인에 대한 명백한 오해이자 오보다. 내 자살이 그런 식으로 뉴스에 보도된다면 엄마는 또 얼마나 뭐라고 할까? 하나밖에 없는 자식이 밥값도 못 하고 죽어 버렸다고, 돌아가실 때까지 나를 원망할 거야. 왜 너를 낳아서 내가 생고생하는지 모르겠다, 이 잔소리를 지겹게 하신 분이니.

아, 만일 내 마음을 대변해 줄 수 있는 사람이 주위에 단 한 명이라도 있었다면.

그랬더라면 다시 서울로 가는 기차표를 끊지 않았을 텐데.

다시 기차 좌석에 앉은 순간 손가락 끝에서 허전함이 혈관을 타고 올라와 가슴을 장악했다. 특히 위라는 장기는 소보로빵이 없어진 현실에 깊은 유감을 표명했다. 꼬르르륵 소리가 끊임없이 났다. 결국 내가 원한 것은 소보로빵이었다는 것을, 파란나비원숭이가 일을 저지른 후에야 절실하게 느낄 수 있었다. 썩은 사과가 전화를 한다면 이번에는 위로의 말을 전해 줄 수 있을 것 같았다.

소보로빵이 없어진 후에야 그 소중함을 알게 되었다는 애기를 들려주고 싶었다. 썩은 사과에게는 유치하게 들리겠지만 그 말이야말로 내 상황에서 해 줄 수 있는 최선의 위로였다. 목숨을 담보 삼아 호소하는 건 유아적인 방법이 아닐까. 파란 나비원숭이에게 물어봐도 그것이 제대로 된 방법이라고는 말하지 않을 것이다. 늘 옆에 살아 있었기 때문에 소중함을 발견할 수 없었다면 이젠 없어져 버렸기 때문에 그 가치를 잊어버릴 테니까.

파란나비원숭이가 나타났을 때 왜 사람들이 반응을 보이지 않았는지 알 것 같았다. 원숭이의 등장은 사람들에게 피해를 주지 않는다. 하지만 옆에서 계속 벨소리가 울려 댄다면 누구라도 전화를 받으라고 퉁명스럽게 말할 것이다. 나는 아까 옆 사람의 행동을 이해할 수 있었다.

"도대체 무슨 메시지를 보낸 거야? 파란나비원숭이가 아니라니. 내가 혹시 너한테 원숭이 닮았다고 말한 적 있어? 설마, 그것 때문에 자살하려고 했던 거야?"

"나 지금 서울 가는 길이라고!"

"더 못 알아듣겠네."

"알기 쉽게 설명해 줄까? 너는 네 감정도 모르고 있어. 내가 죽는다고 했을 때 많이 걱정했지? 왜 그런 반응이 나왔다고 생각해?"

"그거야 인간의 도리로서 당연히. 혹시 그 사람 전화번호 알아? 어제 동물원에서 만났던 남자."

"왜 전화번호를 알고 싶은데?"

혹시 음악 하는 서는 게이였던 걸까?

"그 사람 왠지 내 음악을 이해할 것 같아서."

"전화를 걸어도 어차피 신호만 갈걸."

음악 하는 서가 왜냐고 묻기 전에 나는 전화를 끊었다. 그러고 보니 왜 난 한 번도 음악 하는 서에게 음악을 들려 달라고 말하지 않았지?

즐겁게 춤을 추다가 그대로 멈춰라. 눈도 감지 말고 웃지도 말고 울지도 말고 움직이지 마. 스토커의 휴대폰에서는 스토커가 설정해 놓은 음악만 흘러나오고 있다. 스토커는 죽기 직전까지도 내 휴대폰에 자기 전화번호가 저장되어 있다는 사실을 몰랐을 테지. 얼마 전 썩은 사과가 내 전화를 빌려 쓴 후 통화 기록으로 남은 그 낯선 번호가 스토커의 번호라는 것을 나 역시 오늘 알았으니까. 그래도 어쩌면 스토커는 그날 밤, 모르는 여자가 전화를 걸어 "제 전화에 이 번호가 남아 있어서 그러는데, 혹시 누구신지."라고 물었던 것을 잊지 않고 죽어 갔을지도 모른다.

"류동연인데요."

"모르는 분이네요. 장난 전화 한 거 아니에요. 죄송합니다."

"그쪽은 누구시죠?"

"저는 류동연 씨가 모르는 사람입니다."

그날 나는 상냥하게 웃기까지 하면서 통화를 끝냈다. 그 번호를 삭제하려다가 '류동연'으로 새로 저장한 것은 그저 심심했기 때문이었을 것이다. 별로 대단한 일이 아니었기 때문에 나는 그 에피소드를 오늘에 이르기까지 잊고 있었다. 마음으로 교신을 보내면 죽은 사람이라고 해도 메시지를 보내지 않을까? 스물세 살에 요절한 사람으로서 인생은 뭐라고 생각하세요?

즐겁게 춤을 추다가 그대로 멈춰라.

등받이에 기댄 채 눈을 감았다. 오해받는 것이 두려워 자살하지 못한 20대의 얘기가 뉴스에 보도될 리 없을 것이다. 뉴스에 나오지 않는다고 하더라도 아침에 말도 없이 나간 나를 의심하며 엄마는 혼자 잔소리를 늘어놓을지도 모른다.

"밥값도 못 하는 애가 어디 가서 자살이라도 한 거 아냐?"

집에 도착하면 침대에 누워 시간이 물처럼 흘러가는 소리나 들어야겠다. 그렇게 몇십 년이 흘러가면 엄마의 잔소리도 힘없는 메아리가 되어 침대 밑으로 시간과 함께 졸졸졸 흘러가겠지. 그러면 나는 벌떡 일어나 세수를 하고 이빨을 닦고 다시 춘천행 기차를 타야지. 그때가 되면 철가면으로 피부 이식 수술을 하지 않는 이상 썩은 사과는 죽은 남자를 사랑한다는 고백을 더 이상 할 수 없겠지. 음악 하는 서는 낙원 상가에서 가장 평범한 상호를 내걸고 악기점을 운영하고 있을지도 몰라. 그때가 되면 나는 휴대폰 전원을 켜 놓은 채 기차를 타고 있겠지.

"20대 청춘도 아니고, 왜 그래? 춘천에서 바람이나 실컷 쐬고 와."

중년의 썩은 사과와 악기 파는 서는 말투는 달라도 같은 말을 할 거야. 언어는 달라도 마음은 하나라는 지구촌 공익광고처럼. 그러고는 내가 죽고 싶다는 말을 해도 서둘러 전화를 끊고 다른 곳으로 전파를 보낼 거야. 썩은 사과는 의부증에 시달리며 남편의 직장에다가, 악기 파는 서는 음악 하는 청년들이 주문한 악기를 구입하기 위해 브로커에게.

'이것들이 나를 죽어 없어져도 상관없는 개새끼쯤으로 여기는 거 아니야?'

화가 난 중년의 나는 춘천의 가장 유명한 닭갈비 집에서 혼자 소주와 닭갈비를 먹어 치운 후 다시 서울로 가는 기차를 탈지도 몰라.

하이요. 하이요.

오호, 파란나비원숭이 씨, 기차를 많이 따라잡았네. 그래 봤자 달리는 기차에서는 그대의 모습이 굉장히 우스꽝스럽게 보일 뿐이랍니다. 그대도 '파이팅'을 외치면서 필사적으로 후진하는 자신의 본모습을 봐야 하는데, 라고 생각하며 눈을 떴다가 나는 정말 깜짝 놀랐다.

파란나비원숭이가 스파이더맨처럼 유리창에 달라붙어 있었

다. 원숭이와 나 사이에는 겨우 유리 두께만큼의 거리가 있었다. 파란나비원숭이의 동공은 검은색이었다. 동물원에서 스토커가 선천성 고독 어쩌고 하면서 나를 바라봤던 게 떠올랐다. 한 대상을 쓸데없이 오래 바라봤기 때문일까? 눈물이 찔끔 고였다. 하지만 원숭이가 입에 물고 있는 소보로빵 봉지를 본 순간 나는 현실감각을 되찾았다. 장발장이 빵 하나를 훔쳤다고 감옥에서 몇 년을 썩었더라? 오래전 책에서 읽은 내용을 생각해 내기란 쉽지 않았지만 내 입에서는 18년이란 말이 자동적으로 흘러나왔다. 18년, 18년. 나는 두 눈을 부릅뜨고 원숭이의 얼굴을 노려봤다.

"야, 블루 몽키, 너는 빵 두 개를 훔쳤으니까 감옥에서 36년을 썩어야 해. 감옥이 어떤 곳이냐고? 네 고향을 떠올려 봐. 감옥은 베트남의 동굴보다 훨씬 어두워. 참, 너의 현실도 알려줄게. 네 인생에 교미는 없단다. 너만 남고 네 종족은 모두 멸종했거든. 앞으로 너는 부모의 유골이 있었던 동굴보다 더 어두운 감옥에서 36년 동안 혼자 늙어 가는 거야."

그저 입 모양으로 메시지를 전달했을 뿐인데, 원숭이는 갑자기 훌쩍훌쩍 울기 시작하더니 반대편으로 재빠르게 멀어져 갔다. 저렇게 소심할 수가! 내가 음악 하는 서를 좋아하고 있다는 게 다행으로 여겨지는 순간이었다. 소심한 파란나비원숭이를 좋아했다면 이 순간이 얼마나 절망적일까?

나는 서울에 도착할 때까지 소보로빵과 더불어 파란나비원
숭이의 모습을 볼 수 없었다.

상처 받은 것들만이 보여 줄 수 있는 눈빛을 하고 있었다

내가 다시 파란나비원숭이를 보게 된 건, 거실에서 과일을
먹으며 9시 뉴스를 보고 있을 때였다.

"오늘 과천 서울대공원에서 실종된 희귀 동물 파란나비원
숭이가 오후 8시경 다시 우리에서 발견되었습니다."

앵커의 목소리는 귀에 들어오지도 않았다. 내 온 신경은 화
면에 잡힌 파란나비원숭이에게 쏠려 있었으니까. 파란나비원
숭이는 죄수처럼 두 팔로 창살을 붙잡고 있었는데, 오른손에
소보로빵 봉지를 꽉 움켜쥐고 있었다. 여전히 우스꽝스러운
모습이었지만 한편으로는 우울해 보이기도 했다. 상처 받은
것들만이 보여 줄 수 있는 눈빛을 하고 있었다.

"오늘 새벽 20대 청년이 어디에도 들어갈 곳이 없다는 내용
의 유서를 남기고 원룸에서 목을 매달아 숨졌습니다. 경찰에
서는 청년 실업을 비관해……."

알고 있는 내용이기 때문일까? 뉴스가 아니라 소음처럼 들
렸다. 나는 텔레비전을 끄고 방에 들어와 인터넷으로 파란나
비원숭이를 검색해 보았다. 파란나비원숭이의 정보만 있는 블

로그를 하나 찾았다. 나는 마우스로 스크롤바를 내리면서 내용을 쭉 읽어 내려갔다. "파란나비원숭이는 일부일처제의 동물이며, 감수성이 예민하여 자살을 하기도 함." 뭐, 이런 내용은 별로 눈에 들어오지 않았으나 죽을 때까지 기억하고 싶은 문장이 하나 있었다.

파란나비원숭이는 구애한 대상이 자살하려고 할 경우, 필사적으로 말리는 습성이 있음.

안녕, 동물원, 안녕

안녕, 동물원, 안녕

한여름의 동물원은 특별한 장소다. 찬란한 태양 아래 사자, 원숭이, 뱀, 얼룩말, 타조 등이 제각기 나른한 포즈를 취하는 곳. 그들에겐 치열했던 밀림의 추억이 없다. 대신 관람객, 사육사, 철창으로 구성된 천적 없는 새로운 세계가 있다. 모든 것을 관리받으며 하루하루를 보내다가, 새로운 환경에 알맞게 진화한다. 하지만 사육사는 이 사실을 눈치 채지 못한다. 보이지 않는 곳이 진화하므로. 나는 불행한 걸까? 행복한 걸까? 어미 사자는 마음을 들여다보느라 아기 사자를 돌보지 않는다. 사육사는 방치된 아기 사자를 보며 동물원에서 흔히 일어날 수 있는 일이라고 생각하며 인공 포육실로 데려간다.

인공 포육실에 갇혀 있는 아기 사자 한 마리. 아기 사자답게 머리에 검은 얼룩이 있다. 이 사자를 레오라고 부르자. 레오는 머리를 마구 흔들면서 사자의 본분에 걸맞게 포효하지만 관람객 꼬마의 눈에는 하품한 것으로 보일 뿐이다. 레오와 꼬마의 눈빛이 공중에서 반짝 충돌한다. 레오는 꼬마를 보며 생각에 잠긴다.

'왜 나는 이곳에서 저 동물을 구경하고 있을까? 여기서 내일은 저 동물들 구경하기일까? 이게 과연 사자의 적성에 맞는 일일까? 그래도 한여름이라 그런지 일이 별로 없구나.'

레오의 지적처럼 한여름은 비수기라 관람객이 적다. 뚜벅뚜벅 한가한 동물원 안으로 들어가는 노인 혹은 아이. 따로 들어가는 남과 여. 혼자 동물원에 온 사람들에게는 저마다의 특별한 사연이 있을 것만 같다. 그런 사람들만의 작은 세계, 한여름의 동물원.

오늘 나는 동물원에 왔다.

안녕? 동물원.

"성인, 두 장요."

나는 매표소 직원에게 말했다. 먼저 매표소에 도착했는데 내 표만 달랑 사는 것은 아무래도 어색한 것 같았다. 동행인의 표까지 미리 사 두는 게 상식적인 행동이겠지. 나는 표 두 장을 들고 입구 앞에서 기다렸다. 그리고 나의 동행인이 다가오자 한 장을 내밀었다.

"성인 한 장요!"

동행인은 내가 준 표를 갈기갈기 찢더니, 자기 표를 새로 샀다. 그러고는 혼자 동물원 입구로 걸어 들어간다. 동행인의 행동은 비상식적이다. 그렇다면 나는 비상식적으로 취급해도 무방한 상대란 뜻일까? 안으로 들어왔더니, 동행인이 인상을 찡그린 채 서 있다. 방금 내 의문에 'YES'라고 대답해 주기 위한 보디랭귀지처럼 보인다.

"설마 이곳을 다 돌아다니겠다는 건 아니지? 30분 이상은 안 돼. 30분 1초가 되면 나는 무조건 집에 가겠어."

오랜 시간 감정이 쌓이고 쌓이면 표현에 문제가 발생한다. 감정을 표현한다는 것이 그만 감정 폭발 현상으로 이어지거나, 아예 표현 자체를 하지 못하게 되거나. 동행인처럼 다른 사람 앞에서 적절하게 감정을 드러낸다는 건 정신이 건강하다는 증거일 것이다. 하지만 동행인이 감정을 내보이면 내 입장이 조금 곤란해진다. 동행인은 화가 났을 때 볼이 유난히 붉게 변하는데, 사람의 얼굴이 아니라 먹음직스러운 과일처럼 보인다. 포옹하고, 애무하고, 삽입하고 싶은 충동이 생긴다. 물론 대낮의 동물원에서는 절대 그런 행위를 하지 않겠지만 하고 싶다는 생각까지 떨쳐 내기는 어렵다. 그래서 나는 동행인의 이름을 부르며 화내지 말아 달라고 부탁했다.

"분명 말했지! 내 이름 부르지 말라고. 반품한 물건이 되돌아온 것 같단 말이야. 내 기분이 어떤지 잘 알겠지?"

"모르겠는데."

"항의하고 싶은 기분이라고!"

"뭐라고 불러 줄까?"

"왜 꼭 나를 불러야 하는 건데?"

"그럼 '골목'이라고 불러도 돼?"

"오늘만 지나면 이제 두 번 다시 안 보는 거지? 빨리 앞으로 가. 옆에서 함께 걸어가기 싫으니까."

골목은 거리와 방의 중간에 있는 공간이다. 여러 사람이 다니는 거리는 타인을 닮았다. 울고 싶어도 울 수 없는 공간. 방에서는 무슨 일이든 내 맘대로 할 수 있지만 이 세상을 살아가는 중이라는 현장감이 전해지지 않는다. 살아 있다는 느낌만 있다. 집 앞 골목에 서 있으면 내 방이 낯선 사람의 방처럼 보였다. 나만 존재하는 방에 들어가고 싶지 않아서 가로등 불빛을 맞으며 골목을 서성거렸던 날들. 골목은 헤어진 연인을 닮은 장소다.

헤어진 여자 친구는 거리를 두고 따라온다. 이 데이트는 비정상이다. 데이트 상대는 내 옆에 오지 않는 뒷골목이 됐고, 무엇보다 나는 상대의 이름을 부를 수 없으니까. 헤어진 여자 친구를 동행인이 아닌 뒷골목으로 인정하고, 나 홀로 동물원 실내 우리로 걸어 들어오는 것. 그래도 한여름의 동물원에서 질서 정연한 데이트를 하려면 역할에 충실해야 한다.

"이 화창한 여름날, 왜 내가 저딴 걸 봐야 하는 거지?"

뱀 우리 앞에서도 헤어진 여자 친구는 나의 뒷골목.

"뱀도 이쪽을 보고 있어."

"혐오스러워. 뱀은 정말 싫어."

"귀엽게 생긴 동물이 존재하기 때문에 뱀이 혐오스러워 보이는 게 아닐까? 뱀을 뱀 자체로 보면 뱀만 보일 거야."

저 뱀은 단지 뱀으로서 살아남기 위해 저렇게 만들어졌을 뿐이다. 생김새만 갖고 예쁘다거나 혐오스럽다고 하는 그 기준은 도대체 어디에서 생긴 것일까.

어쨌거나 데이트 상대가 뱀을 혐오한다고 하니, 다시 걷기 시작했다. 일렬로 늘어선 우리에 원숭이들이 사육되고 있었다. 그런데 한 우리에 원숭이가 없었다. 빈 우리라니. 나는 발걸음을 멈췄다.

원숭이가 보이지 않나요?

보닛원숭이는 수줍음이 많아요.

혼자 있는 것을 싫어해요.

한번 찾아보세요.

이런 안내문이 철창 앞에 붙어 있었다. 나는 골목에게 원숭이를 찾아보라고 말했다. 그러자 골목이 얼굴을 찡그리며 명령하지 말라고 소리쳤다. 그래서 나는 명령이 아니라고 대답했다.

"저 위 좀 봐. 원숭이 세 마리가 붙어 있어."

나는 보닛원숭이를 찾아냈다. 내가 보닛원숭이라면 어디에 있을까, 생각해 봤더니 나도 모르게 천장 구석에 눈이 갔다. 세 번째 원숭이는 뒤에서 두 번째 원숭이를 껴안고, 두 번째 원숭이는 첫 번째 원숭이를 껴안고, 첫 번째 원숭이는 나무 기둥을 껴안고 있었다. 아, 소외되는 원숭이가 없구나.

"원숭이들의 말 타기 자세가 인간적으로 보이지?"

침묵. 헤어지자는 통보를 하기 두 달 전부터 골목은 이런 반응을 보였다. 이유를 물어봤더니, 내가 하는 말 대부분은 대답할 가치가 없기 때문이라고 알려 주었다. 하지만 그전에는 내 말에 유일하게 성실히 대답해 준 사람이 골목이었다. 나는 생각하는 것을 좀처럼 다른 사람에게 표현하지 않는다. 그런데 골목은 내가 가끔 혼잣말처럼 중얼거리는 것을 잽싸게 주워듣고 반응을 보이곤 했다. 예를 들어 내 입에서 '눈빛과 햇빛'이라는 단어가 나오면 골목이 얼굴을 가까이 대고 이렇게 묻는다.

"눈빛과 햇빛이 왜?"

마치 늦은 밤 혼자 방에 들어왔는데, 내 침대에 낯선 사람이 누워 있는 상황 같다고나 할까. 그 사람은 자연스럽게 한 손을 들어올리며 "오늘은 늦었네?"라고 말한다. 방 주인인 나는 가만히 서 있다가 "응, 오늘은 좀 늦었지."라고 대답해 준다.

"눈빛과 햇빛이 어쨌는데? 빨리 대답해 봐."

"대답할 가치가 없는 말이야. 혼잣말 같은 건데."

"옆에 있는 사람이 듣고 싶어 하잖아. 그러면 더 이상 혼잣말이 아니지."

"눈빛과 햇빛의 근본적인 차이점에 대해 생각해 봤어. 눈빛이 개인적인 빛이라면 햇빛은 사회적인 빛이 아닐까. 누구나 거리에 나가면 자연스럽게 햇빛을 받을 수 있어. 하지만 눈빛은 한 사람이 독점할 수도 있잖아. 또 눈빛과 눈빛은 교류도 가능하고. 은밀하지만 특별한 빛 같다고 할까. 방금 그 두 개의 빛을 모두 받을 수 있다면 삶이 참 따뜻하고 특별할 거란 생각을 했어."

"그런데 왜 너는 모자로 눈빛을 가리고 다녀?"

이 세계에서 나는 분명 하나. 그런데 시간이 지나자 '골목이 좋아하는 나'는 '골목이 싫어하는 나'로 바뀌었다. 골목이 나의 모든 것이 좋다고 고백한 저녁, 나는 집으로 가는 버스 안에서 노란 은행 잎을 보았다. 하지만 겨울이 되자 은행나무는 앙상한 가지만 남았다. 골목이 헤어지자고 말한 그날 나는 버스에서 생각했다. 사람의 마음이 변하는 건 참 자연스러운 일이야.

한여름 낮, 누구든 밖으로 나오면 햇빛을 받을 수 있다. 하지만 마음은 햇빛으로도 밝힐 수 없는 영역. 문득 나는 멸종 직전의 동물처럼 불안해져서 뒤를 돌아보았다. 스커트 밑으로 드러난 헤어진 애인의 두 다리가 보인다.

"퀴즈, 분명 내 것인데 다른 사람의 것이기도 해. 내가 잃어 버려도 다른 사람이 똑같은 걸 갖고 있지. 뭘까?"

"저 앞을 보란 말이야!"

"추억이야."

나는 고갤 돌리며 대답했다. 골목이 15분 지났어, 라고 말한다.

왜 시간이 흘러가는지, 우리나라는 왜 사계절이 뚜렷한지, 지구는 왜 공전과 자전을 하는지 나는 알고 싶지 않다. 내가 동물원에 왔다는 사실이 중요한 것이지, 이곳에서 몇 분을 보냈느냐 하는 것은 중요하지 않다. 하지만 그런 것과 상관없이 정말 알고 싶은 것이 하나 있다. 바로 나의 탄생 과정. 인류가 스스로 진화했는지 아니면 신의 손놀림으로 만들어졌는지를 밝히고 싶은 게 아니다. 내가 어떤 과정을 거쳐서 자궁에 착상할 수 있었는지가 무척 궁금하다. 어른들은 늘 근본은 생략한 채 중간 단계부터 알려 주곤 했다. 다리 밑에서 주워 왔단다. 엄마와 아빠가 밤에 사랑해서 너를 낳았지. 여자의 질에 남자가 성기를 삽입한 후 사정하면 임신이 된다. 그때 나는 그런 생물학적 과정이 궁금한 게 아니었다. 하지만 내 의사를 어른들에게 표현하는 것은 무척 어려웠다. 이 세상에는 헤아리기 힘들 만큼 엄청난 수의 단어가 있는데, 그 단어 중 어느 것을 선택하고 조합해서 문장으로 만들어야 할지 알 수 없었다. 학교에 들어간 후에야 나는 당시의 호기심을 구체적으로 표현할 수 있었다.

글짓기를 할 때는 맨 먼저 '구상'을 한다. 내가 이 글을 왜 쓰는가에 대한 충분한 사고가 이루어져야 한다. 무턱대고 글을 쓰면 수정 작업을 많이 해야 한다. 나는 바로 나의 탄생 과정 중 구상 단계가 궁금했던 것이다. 나를 갖기 전 부모님은 어떤 구상 단계를 거쳤을까?

"어렸을 때 동물원에 온 적 있어."

내가 발걸음을 멈춘 곳은 사자 우리였다. 골목은 18분 30초, 라고 외쳤다. 그러고 보니 어머니와 함께 동물원에 왔을 때도 여름이었다. 어머니는 날씨가 덥다면서 나를 실내 우리로 데리고 들어갔다. 그곳은 인공 포육실이었다. 어머니는 나를 유리 앞에 바싹 세워 놓고 아기 사자 좀 봐라, 라고 말했다. 아기 사자는 머리에 검은 얼룩이 있단다. 어머니는 손목시계를 쳐다보며 말했다. 아, 나는 분명 아기 사자를 보고 있었는데, 어머니가 시계를 보고 있다는 것을 어떻게 알았을까. 아마도 나는 사자 바라보기에 집중하는 척했던 것 같다.

"나 화장실 간다."

돌아보니 골목은 이미 멀어져 가고 있다. 어머니와 함께 동물원에 왔을 때도 이런 장면이 펼쳐졌다. 하지만 어머니는 골목보다 친절했다. 내 양어깨를 지그시 누르면서 "잠깐만 혼자 있을 수 있지?"라고 말했다. 나는 5초쯤 생각하다가 고개를 끄덕였다. 그런데 다시 5초쯤 생각하자, 혼자 있기 싫어졌다.

그사이 어머니는 멀어져 가고 있었다. 그때 나는 알았다. 사람이 떠날 때는 5초도 걸리지 않는다는 사실을. 하는 수 없이 나는 눈앞에 있는 아기 사자를 바라봤다. 아기 사자는 갑자기 세차게 머리를 흔들면서 하품을 했다.

"안녕, 레오."

나는 손을 흔들며 인사했다. 아기 사자는 나를 심드렁히 바라봤다. 레오가 다시 하품을 하고 머리를 반대편으로 돌렸을 때 또각또각 하이힐 소리가 들려왔다.

"방금 아기 사자 이름을 레오라고 지었어."

어머니는 레오보다 더 심드렁한 표정으로 그래, 라고 대답했다. 그리고 급한 약속이 생겼다면서 빨리 동물원을 나가자고 했다. 나는 인공 포육실을 떠나기 전 레오에게 손을 흔들었다. 안녕, 또 보자.

그늘에 누워 있는 사자들. 동물원의 사자는 사냥 같은 건하지 않는다. 늙은 수사자 한 마리가 늘어지게 하품을 하면서 잠시 내 쪽을 바라봤다. 눈이 마주친 순간, 내가 오래전 레오라고 이름 지었던 어린 사자 한 마리가 떠올랐다. 어렸을 때 일이라 잊어버렸을 법도 한데, 기억난 것이다. 진짜 레오가 내 앞에 있으니까 가능한 일이라고 생각한다. 어린 레오가 늙어가는 동안 무슨 일들이 있었을까. 레오 또한 나를 보며 같은 생각을 하는 듯했다. 도대체 무슨 일이 있었기에 저 아이는 오늘에야 나타났을까. 또각또각 하이힐 소리가 지구의 숨소리처럼 느껴지는 한여름의 오후, 레오와 나는 재회했다.

"저 사자가 레오야."

나는 누워 있는 늙은 사자를 가리켰다.

"25분 지났어. 5분 1초 후에 난 무조건 갈 거야."

레오는 나를 보더니 갑자기 머리를 흔들었다. 바람 한 점 없는 여름인데도, 갈기가 멋지게 흔들렸다. 레오가 보란 듯이 포효하고 있어. 하지만 소리는 들리지 않았다. 똑똑한 레오는 여기가 정글이 아니라는 것을 알고 있다. 그래서 입을 크게 벌리면서 속으로 외친다. 자신만이 알아들을 수 있는 포효를 하는 것이다.

"방금 레오가 포효했어."

"저런 건 '사자 하품하기'라고 말하는 거야. 팔자 늘어진 사자네. 하긴 배도 부르고 따뜻하니까 졸려 죽겠지. 이 화창한 날, 저런 동물이나 보고 있어야 하다니. 아이고, 내 팔자야."

인간은 동물이다. 골목은 인간이다. 그러므로 골목도 동물에 속한다.

"너도 동물이야."

골목은 인상을 쓰면서 화를 내려고 했다. 그러나 화내지 않았다. 목소리를 높이려는 순간 뇌에서 화낼 가치가 없으니 입 다물라고 명령한 듯했다.

인간은 동물로부터 분리되기 위해 치열한 노력을 한다.

그러다가 어느 순간 본성을 드러내면, 동물이라는 소리를 듣는다.

동물원에 다녀온 후, 아버지는 어머니에게 소리쳤다.
"너는 인간이 아냐. 동물이야, 동물. 발정 난 암컷이라고!"
아무래도 어머니는 그 말에 충격을 받아서 잠시 미쳤거나 사리 분별력이 흐릿해졌던 것 같다. 그래서 내 방에 들어와 이렇게 외친 것이다.
"너, 도대체 무슨 말을 한 거야!"
"화나지 않니?"
어머니가 나간 후 레오가 말했다. 동물원 입구 밖에서 어머니가 굉장히 부드러운 목소리로 "뭐 사 줄까?"라고 물었을 때 나도 모르게 아기 사자 인형을 가리켰다. 인형을 꼭 갖고 싶었던 건 아니었지만 그 부드러운 음성에 대고 "아니"라든지 "싫어" 같은 부정적인 대답을 하고 싶지 않았다. 나는 사자 인형을 방에 두고 레오라고 불렀다. 레오, 나 일어났어. 레오, 나 세수하러 가. 레오, 나중에 봐. 레오는 대답하지 않았다. 언제나 사자답지 않은 박제 미소만 짓고 있었다. 하지만 나는 그런 레오가 좋았다. 레오는 죽은 미소를 지으며 죽은 듯이 내 곁에 있었으니까. 내가 어둠 속에서, 살아갈 날만큼 눈을 깜박이고 있으면 말을 걸어왔다. 잠이 안 와.
"화나지?"

"엄마라고 해서 왜 꼭 아빠만 사랑해야 해? 너희 사자도 여러 번 짝짓기를 하잖아."

"짝짓기? 너는 많은 걸 알고 있구나. 정말 너희 엄마는 여러 번 짝짓기를 하니?"

"레오, 나는 아이야. 아이는 절대 어른들 일에 간섭하지 않는 거야. 아이는 아무것도 몰라야 해."

"하지만 너는 이미 알고 있잖아? 솔직하지 못해."

나를 구성하는 온갖 감각이 상처 받았다고 알려 주었다. 세상에 하나밖에 없는 나만의 레오가 내 편이 아니었다니! 분노와 슬픔이 거의 동시에 느껴졌다. 분노와 슬픔을 다스리려면 고난도의 감정 조절 능력이 필요한데, 나는 어린 포유류에 불과했다.

죽여 버려!

그때 처음으로 마음이 명령하는 소리를 들었다. '내 마음'은 나를 대변하는 목소리다. 그러므로 나는 마음이 하라는 대로 복종할 수밖에 없었다. 주방에서 칼을 가져왔다. 칼로 배를 가르고 수없이 찔러도 레오는 웃고 있었다. 나는 웃고 있는 그 입을 칼로 찢어 버렸다. 칼에 찔린 대상이 웃고 있다면 찌른 자도 웃어야 할 것 같았다. 그래서 나는 천진난만한 미소를 지으며 레오의 입을 더 찢어 주었다. 그것이 바로 상처를 주고받을 때의 예의처럼 느껴졌다.

다음 날 어머니는 쓰레기통에서 레오를 발견했다. 나는 어머니가 내 손을 잡고 어디로 가는지 묻지 않았다. 도착한 곳은 소아 정신과였다. 의사는 나에게 왜 인형을 찢어서 버렸느냐고 물었다.

"이제 아이가 아니니까요."

의사는 나를 밖으로 내보냈다. 잠시 후 의사와 어머니의 상담이 이루어졌다. 의사의 목소리는 잘 들리지 않았다. 하지만 '아이', '정상', '있을 수 있는 일' 같은 단어가 내 귀에 들어왔다.

"아이가 저를 감시해요. 그리고 아빠한테 거짓말로 일러바쳐요. 제가 다른 남자를 만난다는 거예요. 거짓말을 하기에 주의를 줬을 뿐이에요. 그랬더니 제가 사 준 인형을 저렇게 만들어 놓은 거예요. 자식이지만, 무서워요."

어머니는 외쳤다. 그 외침은 내 가슴 깊은 곳까지 뚫고 들어왔다. 어머니는 거짓말할 사람이 아니다. 거짓말하면 안 되는 사람이다. 그래서 나는 어머니의 말을 진실로 만들어 주기 위해 노력했다. 어머니를 위해서 어머니를 감시한 것이다. 어머니의 전화를 엿듣고, 어머니가 집을 나가는 시각과 돌아오는 시각을 체크했다.

그날도 어머니는 나를 지나쳐서 현관문 앞에 섰다. 나는 손을 흔들어 보였다. 어머니는 내 눈을 뚫어지게 바라보았다. 내가 어린 아들인지 어린 악마인지 확인하는 듯했다. 나는 아들이라는 것을 알려 주기 위해 두 팔을 벌린 채 발을 동동 굴렀다. 하지만 어머니는 현관문을 열고 밖으로 나갔다.

"안녕, 엄마."

문이 쾅 닫혔을 때 나는 무표정한 얼굴로 다시 손을 흔들었다. 그리고 새벽, 어머니는 교통사고 현장에서 시체로 발견되었다. 운전은 어머니가 했다. 옆에는 남자가 타고 있었다. 사람들이 도착했을 때는 두 사람 다 죽은 상태였다. 나는 병원에서 어머니를 만났다. 시트를 걷어 내자 어머니의 창백한 얼굴이 드러났다. 살아 있을 때와 차이점이 있다면 움직일 수 없다는 것. 움직이지 않는 창백한 어머니. 나는 눈앞에 있는 어머니가 참 마음에 들었다. 그래서 창백한 어머니를 껴안으려고 했는데 아버지가 나를 떼어 냈다. 아버지는 내 손을 잡고, 남자의 시체 앞에 섰다. 아버지의 금속 같은 손이 시트를 걷자 처음 보는 창백한 얼굴이 나왔다. 이상하게도 남자의 얼굴을 보고 있으니 공포와 미움이 느껴졌다.

"이 사람이니?"

아버지가 내 귀에 대고 나지막이 물었다. 이 사람인가? 이 사람이 바로 나와 함께 동물원에 있던 엄마를 불러낸 사람인가? 과연 이자인가? 나는 어머니의 얼굴과 남자의 얼굴을 번갈아 바라보았다. 아버지가 내 손을 꼭 쥐었다. 손끝에서 전기가 올라 머리통을 관통하는 듯 짜릿해진 순간, 어머니의 감시자 역할을 끝내고 아버지와 한편이 될 수도 있을 거란 막연한 기대가 생겼다. 나는 침을 꿀꺽 삼킨 후 아버지의 편답게 고개를 끄덕였다. 아버지는 내 손을 풀어 주고 몇 발짝 앞에 있는 남자의 가족에게 다가갔다.

남자의 가족 중에는 부인으로 보이는 여자도 있었다. 하지만 아버지가 침착한 것과 달리 그 여자는 울부짖고 있었다. 처음에 남자의 가족들은 어머니가 음주 운전을 해서 남자가 죽은 것이라고 했다. 아버지는 미망인으로 보이는 여자에게 귓속말을 했다. 두 사람이 점점 내 쪽으로 다가왔다. 아버지의 목소리가 유난히 크게 들렸다.

"우리 아이 말이 남편 분을 자주 목격했다는군요. 우리 아이는 거짓말을 하지 않아요. 순수하거든요."

나는 자리에 주저앉아 울고 말았다. 자식을 떠나보내고 홀로 남겨진 늙은이처럼, 바닥을 치면서 서럽게 울었다. 자식을 보낸 아픔 때문에 우는 것인지, 홀로 살아가야 할 자신의 처지를 한탄하며 우는 것인지 알 수 없는 늙은이의 마음, 그 마음이 쏟아 내는 눈물. 내가 그런 마음으로 울고 있다는 것을 아버지는 알 수 없었을 것이다. 하지만 그때 나는 아버지를 알아 버린 기분이 들었다. 내가 평생 아버지를 위해 거짓말을 해도 아버지는 절대 나를 위해 거짓말할 사람이 아니며, 내가 아버지 편이 될 수는 있어도 아버지는 절대 내 편이 되지 않을 것임을 말이다.

아버지와 나는 확실히 다른 사람이었다. 나는 아버지가 사람들에게 언성을 높이는 경우를 본 적이 없다. 아버지는 폭넓은 인간관계를 유지하고 있다. 무엇보다 아버지는 말을 자유자재로 다룰 줄 아는 능력을 갖고 있다. 변호사라는 직업이 잘

어울리는 사람. 어머니는 그런 아버지가 정상이 아니라고 믿었다. 다른 사람들이 다 긍정하는 것을 혼자 부정하다 보면 다른 것도 부정하게 되는 걸까?

"남편은 의처증 증세가 있어요. 저 아이는 미친 아빠에게 사랑받기 위해 거짓말을 하는 거라고요!"

소아 정신과에서 어머니가 의사에게 소리친 말을 아직도 기억하고 있다. 나는 아버지에게 거짓말을 한 적 없다. 다만 말을 다루는 능력이 부족해서 아버지의 언어에 나도 모르게 휘둘린 적이 몇 번 있었을 뿐.

동물원에 다녀온 그날 밤에도 그런 일이 벌어졌다. 나는 혼자 집에서 텔레비전을 보고 있었다. 그런데 현관문이 열리더니 아버지가 들어왔다.

"오늘 엄마하고 동물원에 잘 다녀왔니?"

나는 고개를 끄덕였다.

"그런데 엄마는 너만 두고 나갔구나? 분명 어디 급한 데 가느라고 그랬겠지? 그렇지 않고서야 너를 혼자 둘 리가 없잖니? 엄마한테 중요한 약속이 생긴 거야. 그렇지?"

"응."

"이렇게 늦게까지 안 오는 걸 보면 엄마는 지금 무척 사랑하는 사람과 함께 있겠구나?"

"응."

"그래. 그렇구나."

아버지는 내 머리를 쓰다듬고는 방으로 들어갔다.

어머니의 장례가 끝난 후 나는 한동안 말을 하지 않았다. 입속에 혀가 들어 있다는 것이 무척 거추장스럽게 느껴졌다. 하지만 레오와는 대화를 했다. 레오는 어머니의 장례가 끝난 직후 말을 걸어왔다. 모습은 보이지 않았다. 자기를 찌른 나를 용서할 수 없어서 목소리만 들려주었던 것이다.

"왜 울지 않아?"

"엄마가 죽었다고 해서 꼭 울어야 해?"

"네가 죽였구나? 나를 죽인 것처럼."

깊은 밤, 레오 유령이 내 귓가에 대고 속삭였다. 나는 고개를 가로저었다.

"그럼 엄마가 남자하고 자살한 게 진실이야?"

나는 고개를 끄덕였다.

"거울 앞에서 진실이라고 말해 봐."

한밤중 나는 몽유병자처럼 자리에서 일어나 거울 앞에 섰다. 울고 있어. 어둠 속에서 감각이 알려 주었다. 그런데 이건 도무지 설명할 수 없어. 왜 왼쪽 눈에서만 눈물이 나오는 걸까? 감각이 알려 준 대로 오른쪽 눈은 건조했다. 기형 눈물이야! 나는 거울 앞에서 두려움과 외로움을 느꼈다. 오른쪽 눈을 찡그리면서 눈물을 흘리려고 노력했지만 그럴수록 왼쪽 눈에서만 눈물이 흘러내렸다. 하는 수 없이 나는 왼쪽 볼을 타고 흐르는 눈물을 오른쪽 눈가에 발랐다.

"레오! 이제 나는 정상이지?"

째깍째깍 시계 초침 소리만이 들려왔다. 거울 밖의 나는 무표정한 얼굴로 거울 속의 나를 쳐다보았다. 그런데 칼로 양쪽 입술 끝을 찢어 올린 것처럼 거울 속의 나는 일그러진 미소를 지었다. 거울 밖의 나는 떨리는 손끝으로 입 모양을 확인했다. 그대로였다.

"레오?"

나는 거울 속 소년에게 말했다. 소년의 오른쪽 눈에서 빨간 눈물이 흘러나왔다. 나는 형광등을 켜 놓고 침대에 웅크린 채 밤을 지새웠다. 그날 이후로 레오의 목소리를 들은 적이 없다. 어쩌면 레오가 알고 싶었던 건 그 사건에 대한 내 진심이었는지도 모른다. 너는 슬퍼하고 있지? 그렇다면 슬픔에 대해 책임감도 느끼고 있어? 대답해 줘. 같은 편답게. 하지만 나는 레오가 알고 싶어 하는 것을 끝내 알려 주지 못했다. 변명 같지만 일부러 그런 것은 아니었고, 나라도 나를 변호하지 않으면 앞으로 이 세상을 살아갈 수 없을 것 같아서 그랬다. 그 후 나는 되도록 정확한 사실만 말하려고 노력한다. 수많은 단어 중 어느 것을 선택하고 조합해야 내 의사를 제대로 전달할 수 있을지 알 수 없었다. 아니, 더 정확하게 말하자면 내가 선택한 말이 상대방을 고통스럽게 하고 병들게 하다가 끝내 죽음으로 몰아갈 것 같았다.

골목은 갑자기 누군가의 이름을 부르며 앞으로 뛰어갔다. 우리 또래로 보이는 여자와 남자가 서 있었다. 골목이 여자에게 여기서 뭐 하느냐고 물었다. 여자는 파란 원숭이를 기다리는 중이라고 대답했다. 원숭이 우리에는 통나무만 놓여 있었다. 나는 여자가 골목의 친구라는 것을 알 수 있었다. 옆에 있는 남자는 골목의 친구의 친구인 듯했다.

한여름의 동물원에서 아는 사람과 모르는 사람이 같은 곳을 바라본다. 그렇다고 우리 네 사람이 같은 목적으로 서 있는 건 아니다. 같은 곳을 바라보지만 마음은 나뉘어 있다. 골목의 친구 커플은 한마음으로 파란 원숭이를 기다리지만 골목과 나는 아니다. 그런데 왜 파란 원숭이는 통나무 밖으로 나오지 않는 걸까? 안내문에는 원숭이가 컨디션이 좋을 때만 밖으로 나온다고 쓰여 있었다. 오늘 컨디션 어때? 오늘 컨디션 좋아. 컨디션이란 글자가 꼭 시어처럼 보였다. 그렇다면 그 속에 함축된 의미를 찾으면 된다.

"마음으로 교신을 보내면 나오지 않을까?"

나는 말하고, 골목은 침묵한다.

골목이 헤어지자고 말한 후 나는 골목의 집 근처를 서성거렸다. 만나려고 간 건 아니었다. 그저 골목을 보기 위한 목적으로 거기에 갔다. 커피숍 2층에 앉아 골목을 내려다보고 있으면 행운처럼 골목이 등장했다. 행운이 찾아오지 않는 날이 더 많았다. 어느 날, 나는 골목이 눈앞에 나타나기를 바라고 있었다. 나와라, 나와라, 나와라. 속으로 중얼거렸는데, 정말 골목이 나타났다. 골목은 낡은 나무 계단을 성큼성큼 밟고 올라와 문을 확 열어젖혔다.

"너 스토커야?"

나는 아니라고 했다가, 다시 잘 모르겠다고 대답했다. 내가 왜 태어났는지도 알 수 없지만 이곳에 올 때만큼은 숨 쉬는 순간마다 뚜렷한 목적의식이 느껴진다고 대답했다.

"여기는 우리 집 근처야. 네가 있을 곳이 아니라고."

나는 다음 날 다른 장소를 찾았다. 패스트푸드 매장이었는데, 창가에 앉아 있으면 포스터 때문에 밖에서는 내 얼굴이 보이지 않았다. 우리 사이에는 유리가 놓여 있었지만 골목은 그 너머에서 행운처럼 나타났다. 때로 행운이란 것은 언제 곁에 왔는지도 모르게 빠르게 스쳐 지나간다. 어느 저녁 무렵, 내가 잠시 눈을 감았다가 뜬 사이 골목은 뒷모습만 보인 채 걸어가 버렸다. 또 행운은 간절히 바라면 예기치 않은 순간 찾아오기도 한다. 어느 날부터 골목이 보이지 않았다. 나는 골목이 나타나기를 바라며 감자튀김을 먹고 있었다. 잠시 후 문이 열리고, 또각또각 구두 소리가 들려왔다.

"네가 왜 여기 있어?"

골목이 핸드백을 테이블에 탁 내려놓는 바람에 우리는 잠깐 사람들의 시선을 받았다. 골목은 두 번 다시 볼 사이가 아니라고 생각되는 사람들 앞에서는 본모습을 보인다. 나는 골목의 그런 점을 나쁘게 생각하지 않는다. 사람들을 의식하지 않는다는 것은 다시 말하면 자기 감정에 최선을 다하고 있다는 것을 의미하니까.

"저녁 먹어."

"왜 여기서 먹어?"

나는 이제 이곳이 우리 집 식탁처럼 편해졌다고 말했다.

"매일 오는 거 다 알고 왔어. 며칠 전에 여기 들어가는 거 봤다고. 그다음부터 이 길로 안 다녔어. 인간이라면 적어도 뭔가 느끼는 게 있을 텐데. 네가 이 근처에 있다고 생각하면 아주 불편해."

"그럼 내 생각을 안 하면 되잖아."

골목은 아무 말도 하지 않고 밖으로 나갔다. 다음 날, 나는 커피숍 2층에 앉아 있었다. 골목은 패스트푸드 매장 안을 흘끔 바라보더니 옆에 있는 남자의 팔짱을 끼고 그 앞을 지나갔다. 그러던 어느 날, 두 사람은 매장 안으로 들어갔다가 바로 나왔다. 골목은 남자에게 한 손을 흔들어 보이며 잘 가라는 인사를 했다. 남자와 골목은 서로 등을 보이고 각자 걸어갔다. 그 후 한동안 골목을 볼 수 없었다. 오늘은 모습을 보여라, 오늘은 모습을 보여라, 나는 주문처럼 되뇌이며 2층 계단을 올라갔다. 등 뒤에서 또각또각 소리가 들려왔다. 구두 소리는 계속 내 뒤를 따라왔다. 그림자의 발소리 같았다. 나는 자리에 앉은 후에야 그 발소리의 주인이 골목이었음을 알 수 있었다.

"쉽게 사라질 리 없다고 생각했지. 대체 나한테 원하는 게 뭐야?"

골목이 맞은편에 앉으면서 말했다.

"마음."

"넌 어린애야. 가질 수 없는 것을 향해 떼쓰는 어린애."

"물어보니까 대답한 것뿐이야. 두 번째로 바라는 게 있다면 나보다 오래 잘 사는 거야."

"걱정 마. 그런 건 말 안 해도 들어줄 수 있어. 이제 내가 원하는 걸 말할 차례지? 나 만나는 사람 있어. 소개해 주고 싶어."

골목은 악의에 찬 아이처럼 말했다.

"상관없어. 두 사람이 한 사람을 좋아할 수도 있는 거니까."

"넌 스토커야."

"독점하고 싶은 마음 같은 거 없어. 나를 싫어해도 상관없다고. 다만…… 공유하고 싶을 뿐이야."

"그게 스토커지 뭐야!"

어쨌거나 내 경험으로는 간절히 원하면 어느 순간 바람이 이루어지기도 한다. 그래서 나는 원숭이 우리를 바라보며 행운의 주문을 외운다. 나와라, 원숭이야. 나와라, 원숭이야. 행운처럼 통나무가 흔들리기 시작한다.

파란 원숭이는 잠깐 얼굴을 내밀었다가 후다닥 통나무 속으로 들어가 버렸다. 그런데 골목의 친구가 사랑한다고 말하자 다시 나왔다. 오늘 동물원에 오지 않았더라면 평생 그런 장면은 볼 수 없었을 것이다.

"원숭이가 사람의 말을 알아들을까?"

골목은 침묵했다. 대답할 가치가 없는 말이라고 판단한 것이다. 그 원숭이가 사랑이라는 말을 못 알아들었다면 왜 그런 반응을 보였을까? 혹시 억양이나 어감만으로도 소통이 가능한 걸까? 그런데 골목의 친구는 왜 원숭이에게 그런 말을 했을까. 골목의 친구는 분명 원숭이를 기다리는 중이라고 했지만 별로 원숭이를 보고 싶어 하는 것 같지는 않았다. 그 후 골목의 친구와 골목의 친구의 친구는 각자 집으로 돌아갔는데, 같은 목적으로 동물원에 온 사람들이 각자 집으로 돌아가는 모습은 이상했다. 혹시 골목의 친구와 골목의 친구의 친구는 다른 목적을 갖고 동물원에 온 게 아닐까?

"두 사람은 왜 동물원에 왔을까?"

"원숭이 보러 왔다고 했잖아! 이제 두 번 다시 내 근처에 안 오는 거지?"

나는 고개를 끄덕였다.

사실 며칠 전부터 골목의 동네에 가지 못했다. 여름 감기에 걸렸기 때문이다. 몸이 쇳덩이처럼 무거워서 움직일 수 없었다. 물만 먹어도 구토가 났다. 하루 종일 누워 있었기 때문에 시간의 흐름도 알 수 없었다. 그러던 중 나는 꿈속으로 무기력하게 빨려 들어갔다.

동물원, 분명 그곳은 동물원이었다. 사자, 호랑이, 원숭이, 뱀 등. 동물들이 나를 바라보고 있었는데 나는 알몸으로 우리에 갇혀 있었다. 우리는 좁았지만 한편으로는 편안했다. 타인이 침범할 수 없는 나만의 세계. 구석에서 몸을 웅크린 채 죽은 듯이 평화롭게 있었다. 그런데 어느 순간 동물들이 모두 옆 우리로 몰려갔다. 아, 바로 옆 우리에는 나의 어머니와 아버지가 사육되고 있었다. 둘 다 알몸이었다. 어머니는 바닥에 엎드려 있었다. 아버지가 뒤에서 어머니의 허리를 붙잡더니 교미하기 시작했다. 동물들은 어머니와 아버지의 우리 앞에 앉아 그 광경을 구경했다. 호랑이가 앞발로 아버지를 가리키며 "정말, 인간이 따로 없군."이라고 말했다. 그러자 나머지 동물들이 깔깔깔 웃었다. 나는 철창을 붙잡고 어머니와 아버지를 향해 소리쳤다. 멈춰! 그런데 내 입에서는 우우우 소리만 나왔다.

꿈에서 깬 후 나는 아버지에게 전화를 걸었다가 신호음이 몇 번 들리자 끊어 버렸다. 아버지는 재혼했고, 나는 대학에 입학한 후 따로 나와 살고 있다. 잠시 후 아버지가 전화를 걸어왔다.

"무슨 일 있니?"

아버지의 목소리가 수화기 속에서 띄엄띄엄 흘러나왔다. 통화 품질을 의심하게 만드는 목소리였다.

"감기에 걸렸나 봐요."

침묵이 1초 2초 3초 4초 5초 6초 흐른 후,

"안됐구나."

아버지가 말했다. 어머니의 장례식 후에 나는 아버지 앞에서 오해의 여지가 없는 말만 한다. 그러면 나는 완벽하지는 않지만 아버지 편이 될 수 있었다. 나의 화법은 초급 영어 회화책에 자주 등장한다. 당신의 이름은 무엇입니까? 어디에서 오는 길입니까? 지금 몇 시입니까? 나는 감기에 걸렸습니다. 고백하자면 나는 아버지의 문법과 화법을 여전히 모르겠다. 내 쪽에서 과일을 주머니에 넣고 웃으며 "아버지, 사과 드릴게요."라고 말하면 아버지 쪽에서는 "그게 잘못을 뉘우치는 자세니?"라고 대답할 것만 같다. 문득 죽기 직전까지 아버지와 제대로 된 대화를 못 할 거라는 생각이 들어 무서워졌다.

"감기 걸리지 마세요."

1초 2초 3초 4초 침묵,

"그래, 너도."

침묵 1초 2초 3초,

"네."

억양이나 성량에서 아버지가 더 이상 젊지 않다는 느낌이 들었다. 멍하니 누워 있는데, 또 전화가 걸려 왔다.

"내가 분명 경고했지? 다시는 우리 동네에 오지 말라고. 그런데 또 왔네? 들어가는 거 다 봤으니까 빨리 돌아가."

"네가 본 게 정말 나야?"

"내가 못 알아볼 줄 알았니? 말했잖아. 더 이상 네 생각을 하기 싫다고. 도대체 어떻게 하면 내 앞에 안 나타날래?"

나는 나중에 방법을 알려 주겠다고 말했다. 오한이 느껴져서 대화를 지속하기가 어려웠다. 천장을 바라보다가 잠들었다 깨기를 반복했다. 밤이 됐을 때 또 전화가 걸려 왔다. 여자는 자신의 휴대폰에 내 전화번호가 찍혀 있어서 전화를 걸었다고 했다. 혹시 누구신지, 라고 묻는 목소리에서 조심스러움이 느껴졌다. 나는 어두운 방에서 나 자신을 단번에 증명할 수 있는 것이 있다면 과연 무엇일까 생각했다. 참 이상하게도 점점 나라는 생명체가 낯설게 느껴지고, 낯선 생명체가 숨 쉬고 있는 내 방이 타인의 방처럼 느껴졌다.

"류동연인데요."

"모르는 분이네요. 장난 전화 한 거 아니에요. 죄송합니다."

그 후 나는 사흘을 더 앓았다. 그 기간 중에 내가 무엇인지 알 수 있었다. 왜 나는 혼자 앓고 있을까, 생각해 봤더니 서서히 답이 나왔다. 누구신지요? 이 물음에 대한 대답은 이미 생애의 형식으로 작성되어 있었던 것이다. 우선 나는 포유강 영장목 사람과의 동물이다. 인간으로 태어났기 때문에 당연히 인간이라고 믿어 왔다. 하지만 나의 화법대로 말하자면, 나는 다듬어지지 않은 미완 인간이다. 홀로 존재하며 스스로를 보존해야 하는 생명체. 아, 그렇다고 나를 보존하기 위해 다른 사람을 차단하는 것은 아니다. 미완 인간이 이 세계에서 가고

싶은 곳은 오직 마음속, 하지만 미완 인간은 그 누구의 마음에
도 들어갈 수 없다. 다듬어지지 않은 부분이 그 누군가의 마음
에 흠집을 남기게 될 테니까. 나는 동족에게 피해를 주지 않기
위해 스스로를 격리한다.

그렇다면 현재 내가 있는 곳은 어디일까?

미성숙한 세계와 성숙한 세계 사이에는 사이비 세계가 어
둡고 긴 터널처럼 존재한다. 사이비 세계에 갇혀 버리면 나오
지 못할 확률이 크다. 그런데 그 입구와 출구는 아주 가까운 곳,
바로 사랑하는 사람의 입술에 연결되어 있을 수도 있다.

"왜 갑자기 입술을 쳐다보는 거야?"

"입술을 통해 식도를 타고 계속 내려가면 심장, 간, 위가 나
오겠지? 보이는 장기 사이에 보이지 않는 장기가 있어. 사람
들은 이 장기를 빨아들이려고 키스를 해. 이 장기의 이름은?"

골목은 입을 굳게 다물었다.

"마음이야."

나는 다시 걷기 시작했다.

"며칠 전에 나한테 전화해서 화냈잖아. 그날 전화 두 통이
더 걸려 왔어. 아버지하고 친절한 여자."

"의외로 인맥이 있네? 아는 여자 중에 친절하신 분도 있다니."

"모르는 여자였어."

"모르는 여잔데 어떻게 친절하다는 걸 알아?"

"목소리에서 친절함이 느껴졌어. 서비스용 친절함과는 달랐지. 하지만 분명 모르는 여자였어. 내 이름을 듣더니 그쪽에서 먼저 모르는 사람이라고 했으니까. 아! 혹시 이 세상에는 한 사람만 아는 관계도 있을까?"

하이힐 소리가 멈췄다. 지구가 자전하기를 멈춘 것처럼 나는 불안해졌다. 그래서 뒤를 돌아보았다.

"지금 당장 그 여자를 욕해 봐."

골목이 주먹으로 내 가슴을 툭 쳤다.

"너랑 상관없는 사람이면 함부로 말해도 돼! 모르는 사람의 입장까지 정확하게 말할 필요는 없다고!"

골목이 외치면서 두 손으로 내 어깨를 밀었다. 나는 균형을 잃고 뒤로 주춤거렸다. 그래서 우리는 더 멀어져 버렸다.

"이건 나의 화법이야."

"그러면 다른 사람들의 화법은 뭔데?"

나는 생각해 본 적 없다고 했다. 그러자 골목은 지금 당장 생각해 보라고 했다. 나는 그런 건 생각하고 싶지 않다고 했다.

"하기 싫은 건 죽어도 하기 싫지? 나는 하기 싫은 걸 워낙 많이 해서 그런지, 연애만큼은 내 맘대로 하고 싶어! 두 번 다시 내 앞에 나타나지 마. 내 생각도 하지 마."

"하지만 평생 마음에 묻을 수밖에 없어. 그건 내 의지로 할 수 있는 일이 아니야."

골목은 하얀 윗니로 아랫입술을 질끈 깨물었다.

"왜 사니? 차라리 죽어라!"

골목이 마지막으로 외쳤다. 마치 "새해 복 많이 받아라!"처럼 들렸다. 홀로 걸어가는 헤어진 애인의 뒷모습을 쓸쓸한 골목으로 기억하고 싶지 않았다. 그래서 헤어진 애인의 옆에 있는 누군가를 상상해 보았다. 앞 골목이 된 그녀가 지하철역 안으로 들어가고 있다. 나는 그 모습이 보이지 않을 때까지 한 발짝도 움직이지 않을 것이다. 미완 인간은 어둡고 긴 터널에서 누군가 와 주기를 기다리고 있다. 하지만 오래 기다렸기 때문에 기다리는 중이라는 사실을 잊어버린다. 그 무렵, 누군가 어둠을 헤치고 다가와서 인사한다.

안녕?

안녕?

안녕.

안녕?

안녕이라니까! 누군가는 어둡고 긴 터널을 헤치며 밖으로 나간다. 빛 속으로 점점 작아지는 타인의 뒷모습. 그제야 미완 인간은 기다리고 있었다는 것을 깨닫고 외친다.

안녕? 안녕? 안녕? 안녕이라니까!

골목의 모습이 보이지 않자 나는 뒤를 돌아보았다. 내 마지막 데이트 장소는 동물원이었다. 생애 가장 탁월한 선택이었다고 생각한다.

동물원, 안녕.

아빠, 유령, 문법

아빠, 유령, 문법

1

　파란 원숭이는 멸종했다. 하지만 옛날에는 이 원숭이를 행운의 신으로 섬기던 부족국가도 있었다. 원래 부족 사람들은 왕을 신으로 섬겼다. 누가 심장마비로 죽으면 왕이 저주를 내렸다고 생각했다. 어느 날 왕도 심장마비로 죽었다. 사람들은 신의 아들이 신이 되어 줄 거라고 믿었다. 하지만 한밤중 왕자는 산속으로 달아났다. 나는 도대체 누구를 위해서 살아 있는 것일까, 생각하면서. 그러던 어느 순간 왕자는 숲 속에서 길을 잃었다. 세상의 모든 어둠이 출구를 모조리 막아 버린 듯한 밤의 숲. 산짐승의 울음소리가 들렸다. 왕자는 고개를 들어 밤하늘에 반짝이는 무수한 별들을 바라보았다. 왕자가 고개를 숙였을 때 왕족만이 착용하는 가죽 허리띠가 유난히 눈에 들어왔다. 왕자는 높은 나뭇가지에 허리띠를 묶었다.

'만일 신이 있다면 나에게 출구를 가르쳐 줄 것이다.'

왕자가 목을 매달려는 바로 그 순간 어둠 저편에서 파란빛이 깜빡거렸다. 파란빛은 나비의 날갯짓처럼 부드럽게 다가왔다. 온몸이 파란 원숭이였다. 파란 원숭이는 허리띠가 매달린 나뭇가지를 긴 팔로 붙잡더니 다른 나뭇가지로 이동했다. 왕자는 원숭이를 따라 걷기 시작했다. 어둠 속에서 길이 보였다. 숲의 출구에서 원숭이는 부드럽게 비행을 하며 되돌아갔다. 왕자는 돌아가서 부족 사람들에게 원숭이의 존재를 알렸다.

"숲 속에는 파란 원숭이 모습을 한 신이 살고 있다. 그 신은 여러분이 출구를 잃어버렸을 때 간절히 원하면 갑자기 나타나기도 한다. 살아만 있다면 원숭이 형상의 파란 신을 볼 수 있을 것이다."

왕자는 잠시 생각에 잠겼다가 이렇게 외쳤다.

"지금까지 우리들의 신은 재앙도 내렸다. 하지만 나는 절대 그러지 않을 작정이다. 여러분이 불행해지는 건 무조건 여러분 탓이다!"

왕자의 말을 오늘날의 화법으로 바꿔 보자. 얘들아, 세상에는 행운의 신만 있어!

나는 아담을 보며 행운의 신, 파란 원숭이를 상상한다. 아담은 신이 아빠가 되는 순간을 이야기하는 중이다. 육아 잡지에서 아빠를 소재로 한 일러스트를 청탁받은 후 이미지를 잡기 위해 '아빠, 아빠' 속으로 중얼거렸더니 어느 순간 아담의 머릿속에 신이 떠올랐고, 공상이 꼬리에 꼬리를 물고 이어졌다고 한다.

"어때?"

나도 공상에 빠져 있었기 때문에 아담의 질문에 대꾸를 하지 못했다.

"자, 다시 말할 테니까 잘 들어 봐. 야훼는 에덴동산에 창조물을 만들며 시간을 보내는 신이었어. 그러던 어느 날 그와 대화할 수 있는 창조물을 만들어 보기로 했지. 바로 아담이야. 야훼의 창조물 중에서 아담이 가장 위대했어. 신과 소통을 할 수 있으니까. 야훼는 아담이 너무 사랑스러워서 에덴동산을 마음대로 다스리라고 했어. 그러던 어느 날 아담은 눈을 지그시 감은 채 에덴동산 한가운데 서서 뭔가를 중얼거리고 있었어. 야훼의 눈에는 아담의 뒷모습만 보였지. 아담이 뭘 하고 있었게?"

"자위?"

"아니, 말로 시를 짓고 있었어. 주제는 신을 향한 아담의 무한 애정이었지."

"태초에 근친상간이라도 이루어진 거야?"

"아니, 신은 아담이 무슨 생각을 하고 있는지 알 수 없었어.

하지만 신이 볼 때 아름다운 에덴동산에 홀로 서 있는 아담의 뒷모습은 참 외로워 보였어. 그래서 아담이 혼자 무엇을 해야 할지 몰라 가만히 서 있는 거라고 오해해 버렸지. 바로 이때 신은 이브를 만들기로 결심한 거야. 신이 두 번째로 아빠가 되는 순간이지."

"그런 그림은 아빠가 될 수 있는 사람이 더 잘 그리지 않을까?"

아담의 정자들은 실용성이 없다. 아담은 여자와 성 관계를 맺는 남자가 아니니까.

"나도 충분히 한 아이의 아빠가 될 수 있어. 꼭 정자 제공자만이 아빠가 될 수 있는 건 아니잖아?"

아담이 웃었다. 자살하려는 엄마 앞에서 방글방글 웃는 아기 같았다. 사실 그동안 나는 아담이 어딘가 모자란 인간처럼 보인다고 생각해 왔다. 그런데 그런 순수한 웃음을 보고 있자니 오히려 내가 모자란 인간처럼 느껴졌다.

"요즘 다른 사람의 기운이나 말에 쉽게 휩쓸린다고 해야 하나? 네가 신 이야기를 꺼냈을 때 나도 머릿속으로 신을 상상하고 있었어. 뭐, 멸종되긴 했지만, 파란 행운의 신."

나는 파란 원숭이 이야기를 아담에게 모두 들려주었다.

"캐릭터는 좋아! 적시에 나타나 왕자에게 출구를 알려 준 파란 원숭이라니. 그런데 그 원숭이는 왜 왕자를 구해 준 거야?"

"우연히."

"뭐야, 원숭이는 그냥 날아다녔을 뿐인데 우연히 길이 나왔다고? 이런, 정말 행운의 신이잖아!"

행운의 신은 파란 원숭이 형상을 하고 있지만 속성은 변덕쟁이 어린애. 살고자 아등바등 발버둥치는 사람이 있으면 흥! 하고 외면하기도 한다. 그 사람이 초조해할수록 키득키득 웃으면서 상황을 즐기다가 어느 순간 복권 당첨의 행운을 가져다준다. 그러나 엄청난 행운을 감당하지 못한 듯 가족은 흩어지고, 남자는 거액의 사기까지 당한다. 남자가 절망 속에서 목숨을 끊는 순간 신은 해맑은 아이처럼 까르르르 웃는다.

"아!"

아담의 머릿속에 극적인 이미지가 떠오른 모양이었다.

"어렸을 때 동시 숙제를 한 적이 있었어. 내용도 기억나. 내가 모르는 곳에 쩡 박힌 외톨이 코끼리나무/ 물이 없어도 안 죽는 외톨이 코끼리나무/ 하루하루 죽음을 조롱하는 외톨이 코끼리나무……. 상상해서 쓴 거였어. 그런데 어느 날 백과사전을 봤는데, 진짜로 코끼리나무가 나오더라고. 더 놀라운 건 내 상상하고 똑같았다는 거지. 코끼리나무는 몇 년 동안 물이 없어도 죽지 않는 내성을 갖고 있었어. 그 후 나는 모든 순간과 순간이 유기적으로 연결되어 있다고 믿게 됐어. 이 세상 어딘가에 정말 파란 원숭이가 존재할 거야. 그런데 왜 너는 오늘 멸종했다고 말해 버린 거야?"

이런 발상을 하는 게이가 내 친구라고 생각하니까, 문득 외로워졌다.

"뭐 하는 거야? 빨리 스토리를 바꿔. 네 말 한마디에 한 종의 운명이 달렸다니까!"

"내일 파란나비원숭이 한 마리가 극적으로 발견될 것이다."

얼떨결에 대답했다.

2

아담과 우연히 재회한 날이 떠오른다. 석 달 전쯤 나는 두 손을 주머니에 푹 찔러 넣고 어두워진 거리를 걷고 있었다. 배가 고팠지만 혼자 밥을 먹고 싶지는 않았다. 아는 사람이 지나갔으면 좋겠네, 생각하며 걸어가는데 맞은편에 낯익은 사람이 있었다. 오래전 친구 집에서 몇 번 만난 적이 있는 게이였다. 나는 그 게이를 직접 보면 알아볼 수 있을 정도로만 기억하고 있었는데, 정말 내 눈앞에 나타나다니!

"안녕?"

아담이 한 손을 들어 인사했다.

"나 아담이야. 기억하니?"

나는 기억한다고 대답했다. 그러자 아담은 성큼 한 발짝 다가왔다.

"밥 먹었어? 안 먹었으면 지금 나랑 같이 밥 먹으러 갈래?"

나는 얼떨결에 아담과 함께 근처 식당에 들어갔다. 아담은 내 대학 동기의 어릴 적 동네 친구였다. 아담은 종종 동네 술집에서 동기를 만났다. 나는 가끔 동기를 만나러 그 동네에 갔다. 아담의 '종종'과 나의 '가끔'이 한 공간에서 이루어지면 '함께'라는 순간이 됐다. 내 기억이 정확하다면 우리는 4년 만에 만난 것이다.

"4년 만이지? 그런데 참 묘하다. 만나기로 약속한 사람들처럼 자연스럽게 인사하다니."

"저는 당신을 기억합니다. 당신도 저를 기억하십니까? 아, 예! 다행이군요. 그동안 잘 지내셨습니까? 식사는 하셨는지요? 그럼, 이렇게 말할 걸 그랬나? 뭐, 외모에 발전이 없어서 한눈에 알아보겠던걸?"

아담은 프리랜서 일러스트레이터로 일한다고 했다. 나도 프리랜서라고 말했다. 정부 보조금으로 월급을 받던 잡지사에서 인턴 기간이 끝나자마자 바로 해고됐다는 말은 하지 않았다. 글을 쓰지 않아도 되는 아르바이트만 골라서 한다는 것도. 서로 연락처를 주고받았지만 다시 만날 거라고는 기대하지 않았는데 아담이 연락해 오면서 우리는 종종 만나는 사이가 됐다. 그리고 함께 영화 한 편을 보고 돌아온 어느 날 밤 바로 그 증상이 나타난 것이다. 나는 슬슬 직장을 알아보기 위해 자기소개서를 쓰려고 했다. 그런데 쓸 수 없었다. 원인은 모르겠지만 단어와 단어 사이를 이어서 문장으로 만들 수 없었던 것이다.

내 머릿속에는 문법에 맞는 문장이 들어 있었지만 글로 쓸 수 없었다. 처음 그 증상이 나타났을 때는 피곤해서 그런 줄 알았다. 그러나 다음 날, 그다음 날도 문장을 쓸 수 없었다. 나는 방바닥 여기저기에 메모지를 놓고 내킬 때마다 낙서하듯이 단어를 적기 시작했다.

그 후 혼자 밖으로 나가는 일이 두려워졌다. 돌연한 불운인지 불행인지 모를 것들이 밖에서 나를 기다리고 있는 것 같았다. 아담을 만나러 가는 도중 교통사고를 당할 수도 있었다. 그래서 아담이 만나자고 할 때마다 이런저런 핑계를 댔는데, 그러던 중 핑계의 소재를 찾는 것이 지겨워졌다.

"사실은 혼자 밖에 나가기가 싫어. 약속 장소까지 혼자 가서 또 혼자 버스나 지하철을 타고 돌아오는 게 싫다고."

나는 이렇게만 말했다. 우리가 마음까지 깊이 교류하는 사이는 아니라고 판단했으니까. 더 솔직히 말하자면 아담이 나의 어두운 부분을 감당하지 못하고 떠나는 것이 두려웠는지도 모른다. 그런데 아담은 내 말을 듣고 나더니 "뭐야, 결국 그런 이유였어?"라고 대답했다. 그 후 우리의 데이트는 아담이 내 방 앞에 와서 벨을 누르는 것으로 시작한다. 돌아올 때도 아담이 방 앞까지 바래다준다.

"아빠하면 뭐가 떠올라? 딸들은 대개 아빠하고 좋은 추억이 있잖아."

우리의 데이트 종착지, 내 방 앞에서 아담이 말했다.

"이 세상에는 아빠가 될 수 없는 남자가 있듯이 아빠와 추억이 없는 딸도 있어."

현관문을 소리 나게 쾅, 닫았다.

"마음이 축축해."

나는 침대에서 아담의 발자국 소리를 무기력하게 들으며 혼잣말을 했다. 아, 우울증 걸린 엄마의 자궁에 자리 잡은 태아 같아, 생각한 순간 고독을 비롯한 마이너 감성이 전염병처럼 마음을 지배해 버렸다. 그러자 메모지에 적힌 단어들이 낙태된 태아의 팔다리처럼 보였다. 나는 침대에서 벌떡 일어나 충동적으로 옷장에 걸려 있는 옷을 왕창 꺼냈다. 그리고 봉에 허리띠를 매달았다. 이 방에서 목을 매달면 어떻게 될까. 과연 행운의 신이 나타날까? 행운의 신을 기대한 건 아니었다. 스스로 내 공상을 조롱하고 있었다. 내일도 오늘과 다를 바 없는 하루가 시작되겠지, 생각하며 잠이 들었는데 —

3

'아빠!'

어제와 전혀 다른 오늘이 펼쳐져 얼마나 깜짝 놀랐는지 모른다. 눈을 크게 뜨고 봐도 옷장 앞에 있는 존재는 분명히 아빠였다. 아빠는 추리닝 차림에 왼발에만 털신을 신고 있었다.

꿈을 꾸고 있는 건지도 몰라, 나는 리모컨으로 텔레비전을 틀었다. 아침 방송이 나왔다. 차들이 지나가는 소리도 들려왔다. 여느 때와 다름없는, 365일 가운데 하루가 시작된 것이다. 현실처럼 생생한 꿈인지도 몰라, 나는 아담에게 전화를 걸었다. 신호가 몇 차례 울리고, 휴대폰에서 "누구세요?"라고 묻는 아담의 졸린 목소리가 기어 나왔다.

"우리 지금 꿈에서 통화하는 거지?"

"그대가 방금 내 꿈을 산산이 깨뜨렸잖아."

"이게 꿈이 아니라면…… 지금 내 방에 이상한 게 와 있어!"

"뭐가 와?"

"아빠가 왔다니까!"

"에이, 놀랐잖아. 못된 딸이네. 아빠를 '이상한 거'라고 말하다니. 갑자기 올라오신 건가? 내가 없는 동안 아빠하고 좋은 시간 보내. 이 몸은 몇 시간 후면 이 나라를 뜨니까."

"그게 무슨 소리야?"

"어? 내가 말 안 했나? 형이 유럽으로 일주일 동안 출장을 간다잖아. 내가 달라붙어도 상관없는 모양이야. 사실, 형 쪽에서 은근히 달라붙어 주길 기대하고 있어. 내가 옆에 있어야만 비즈니스를 잘할 수 있을 것 같은가 봐."

"일주일씩이나? 가지 마! 왠지 이 모든 게 음모 같아!"

"음모는 거시기에 난 털이 음모지. 이 기회에 아빠하고 화해해. 새벽까지 작업했더니 잠이 부족해. 좀 더 자야겠어."

아담은 전화를 끊었다.

순간과 순간이 유기적으로 이어져 있느니 어쩌니 하면서 공상 속 파란 원숭이가 실재하는 동물일 수도 있다고 생각하던 아담. 어제는 그런 사고방식을 가진 사람과 교류한다는 현실 때문에 외로웠다. 그런데 오늘 내 방에서 비상식적인 상황에 처하고 보니 아담과 연락을 주고받을 수 있다는 현실이 행운처럼 여겨졌다. 이번에는 세상의 상식이 나를 외롭게 만들었다. 하지만 아담에게 다시 전화하지 않았다. 아빠를 딸의 방에 아침부터 나타나는 독특한 유령으로 소개하고 싶지 않았다. 게다가 아빠는 너무 초라한 모습으로 왔어. 희끗희끗한 머리, 추리닝, 왼발에만 털신이라니.

아빠는 물질로 이루어지지 않았다. 눈으로 볼 수 있지만 손으로 느낄 수는 없는 형상. 한마디로 홀로그램 같았다. 사라진 시간, 과거의 어떤 체험을 떠올릴 때 머릿속에 되살아나는 영상이 밖으로 스며 나온 것 같았다고 해야 할까. 아무튼 아빠의 출현 이후 나는 당연하게 해 왔던 것들을 하지 못하고 있다. 씻은 후 속옷을 갈아입고 싶었으나 옷장 문을 열 수 없었던 것이다. 옷장 모서리 근처에서 서랍을 열면 홀로그램 아빠가 훼손될 것 같았고, 아빠를 통과해서 서랍을 열자니 왠지 근친상간을 저지르는 그런 느낌이 들었다. 결국 나는 '아빠가 옆으로 세 발짝 이동해야 내가 서랍에서 속옷을 꺼낼 수 있는데.' 이

런 심정을 담아 메모지에 '아빠, 옆, 세 발짝, 이동'이라고 적
었다.

꼬르륵.

밥 달라고 보채는 위라는 장기가, 참 상황 파악 못하는 철
없는 아이 같았다. 아빠의 시체 옆에서 밥을 먹는 딸이라면 비
정상인 취급을 받겠지? 그런데 유령 아빠를 세워 놓고 밥을
먹어도 정신 상태를 의심받을까? 유령은 낯선 존재다. 하지만
아빠는 낯익다. 낯설지만 낯익은 존재. 그래, 뉴 파파가 왔다
고 생각하자. 그런데도 아빠가 살아생전 모습으로 나타나서인
지 뉴 파파라는 개념이 쉽게 받아들여지지 않았다. 그러면 홀
로그램 전신 영정 사진이라고 생각하자.

나도 가만히 있고, 아빠도 움직이지 않으니 내 방이라는 공
간에 시간이 정지해 버린 것 같았다. 물론, 시간은 흐른다. 내
가 방금 뒤로 물러나 앉았을 때, 그 움직임만큼의 시간이 흘렀
으니까. 하지만 아빠가 등장하면서 여기는 세상의 다른 공간
과 철저하게 분리된, 마치 내 방 모양의 우주처럼 느껴졌다고
해야 할까. 어쨌든, 유령 아빠 앞에서 밥을 먹어도 상관없다는
결론이 나왔다.

"나 참, 아빠가 무슨 행운의 신이야?"

쌀을 씻다가 아빠 쪽을 바라보았다. 자신이 유령인 줄 알면
서도 생의 미련을 담고 있는 표정. 문득 아담의 수다에 등장했
던 신이 떠올랐다. 사실 자신이 외로웠던 주제에 아담이 외로

위한다고 오해했던 외톨이 신. 혹시 아빠가 나를 저승 세계로 데려가려고 온 것은 아닐까? 아, 이래서 '죽음을 맞이하다'라는 표현이 있는 거구나.

"나 데리러 왔어?"

아빠 쪽에서는 말이 없었다. 나는 밥솥의 취사 버튼을 누르고, 침대 앞에 웅크려 앉았다.

"왜 아담에게 아빠가 유령이라고 말 안 했는지 이제 알겠어."

밥상을 차린 후 밥 한 숟가락을 입에 넣으며 말했다.

"아담의 눈에 아빠가 안 보이면 어떡해? 아담은 내 얼굴을 빤히 쳐다보겠지. 이건 버스나 지하철을 혼자 타기 싫어하는 것과는 다른 문제라고. 아무리 쿨하고 명랑한 아담이라고 해도 내 얼굴을 보는 순간 우울해지겠지. 그러나 아담이라면 웃으면서 안녕이라고 말할 거야. 그 안녕은 내일 또 보자는 안녕이 아니야. 내일도 모레도 볼 수 없다는 안녕이야. 앞으로 너 혼자 잘 지내라는 그런 안녕."

젓가락으로 반찬을 성의 없이 뒤적거리며 말을 이었다.

"사실 나는 아담에게 아빠가 안 보일까 봐 두려웠던 거야. 그래서 내 마음을 보호하기 위해 감정 플레이를 했어. 괜찮아, 유령이지만 아빠잖아, 라고. 이런 건 알게 모르게 아담한테 배운 거지. 반대로 아빠가 정말 보인다고 해도 문제야. 나는 아빠를 이상하고 촌스러운 유령으로 소개하고 싶지 않아. 결국 이 방에는 나만 있어야 한다는 건데."

밥맛이 완전히 떨어져 버렸다. 지구에서 아침 식사를 하는 인간들 중에서 나만 특수한 상황에 처해 있는 것 같았다.

"혹시 저 허리띠 때문이야? 내가 목매달기라도 할까 봐? 죽고 나더니 현실감이 없어졌구나. 저기에 어떻게 목을 매달아? 살아 있는 사람은 세상에서, 유령은 유령의 세계에서. 우리 서로의 위치를 벗어나지 말자고. 아빠, 안녕히 가세요."

나는 묵념하듯이 고개를 숙였다. 이쯤 되면 아빠가 돌아가고도 남았겠지, 하고 고갤 들었더니, 세상에 왜 유령 아빠는 돌아가지 않는 것일까? 이 초자연적인 현상을 어떻게 끝내야 하지? 어쨌거나 당장 해야 할 일은 밥상 치우기. 나는 눈물을 주룩주룩 흘리며 설거지를 끝냈다. 아빠는 여전히 그 자리에 꼼짝없이 서 있겠지, 하고 바라봤는데 —

4

변화가 생겨서 얼마나 놀랐는지 모른다. 아빠가 이동했다. 가만 보니 옷장 앞에 '아빠, 옆, 세 발짝, 이동'이라고 적힌 메모지가 놓여 있었다. 유령은 살아 있는 사람의 목소리를 듣지 못하는 대신 글자는 읽는 모양이었다. 나는 메모지와 펜을 갖고 와서 아빠 앞에 앉았다. 이제 아빠를 보내는 방법을 알고 있다. 가만히 메모지를 보다가 내가 적은 단어는 바로 이것.

봉봉

　방금 '봉봉'이 과거에서 내 방으로 날아와 메모지 안으로 쏘옥 들어온 것 같았다. 글자를 배우기 전 나는 아빠의 얼굴을 본 적이 거의 없었다. 그런데 가끔 한밤중에 누가 볼에 뽀뽀하는 듯한 느낌을 받을 때가 있었다. 나는 아빠가 시공간을 뛰어넘는 마법 장화를 신고 달려와 입맞춤하는 것이라고 생각했다. 눈을 뜨면 다시는 아빠가 찾아오지 않을 것 같았다. 그러던 어느 날 나는 신에게 기도했다. 아빠와 함께 살게 해주세요. 기도는 갑자기 이루어졌다. 지방 소도시 병원에서 나는 아빠 앞에 멍하니 서 있었다. 환자복을 입고 침대에 누워 있는 아빠. 지하철에서 뇌졸중으로 쓰러졌다고 했다. 다행히 의식은 찾았지만 아빠의 몸은 언어장애와 마비 증상을 보이고 있었다. 아빠를 보며 이제 마법의 장화를 신을 수 없겠구나, 생각했다. 바로 그때 아빠는 불분명한 발음으로 어떤 단어를 말했다. 내 뇌는 의미를 알 수 없으니 언어의 제로 포인트, 침묵을 유지하라고 명령했다. 그 와중에 내 눈은 찡그린 채 웃는 것 같은 아빠의 표정과 입 모양을 뚫어져라 관찰했다. 그러자 뇌에서 '버엉벙'이라고 발음하는 것 같다고 결론을 내렸다. '버엉벙'을 빠르게 발음해 봤더니 어느 순간 이 말이 나왔다.

　"봉봉?"

아빠는 고개를 끄덕이며 오른손으로 냉장고를 가리켰다. 냉장고 문을 열었더니 오렌지 봉봉이 하나 가득 들어 있었다. 캔 뚜껑을 따서 내밀었더니 아빠는 고개를 저었다. 그래서 내가 마시니까, 이번에는 고개를 끄덕였다. 퇴원 후 아빠는 불분명하지만 그럭저럭 알아들을 수 있는 말을 하기 시작했다. 그리고 나와 한방에서 함께 지내게 되었다.

왜 아빠는 한쪽 발에만 신발을 신었지?

저녁을 먹고, 화장실에 가고, 책상 앞에 앉아 있으면서도 계속 생각했다. 그러다 그 장면이 떠올라 지금 아빠 앞에 앉아서 이런 문장을 쓰는 것이다. 과거에 들었던 말을 그대로 쓰고 있으니, 워드 입력 아르바이트를 하는 것 같았다. 나는 아빠 앞에 노트를 놓는다. 여전히 유령 아빠의 시선은 마네킹처럼 고정되어 있다.

내가 병에 안 걸렸다면 로맨틱한 아빠가 됐을 텐데.

아빠는 가끔 이해할 수 없는 행동을 했다. 주먹으로 내 머리를 때리거나 액자를 집어 던지거나 소리를 지르거나. 그런 일이 벌어진 날 나는 화가 풀릴 때까지 아빠를 유령 취급했다. 공상 속에서 유령 아빠와 나는 같은 공간, 다른 시간에 존재하고 있었다. 그리고 그날, 나는 아빠를 완벽한 유령으로 만들었다. 비가 와서 진흙 길은 질퍽질퍽했다. 나는 아빠가 우산을 쓰고 걸어오는 모습을 보고 있었다. 아빠는 뒤뚱뒤뚱 움직이다가 어느 순간 정지해 버렸다. 근처에 가서야 고무신 한 짝이 진흙탕 속에 빠진 것을 보았다. 아빠는 내가 신발을 꺼내 줄 거라고 기대했겠지만 나는 아빠를 유령 취급했다. 바로 뒤에 반 남자 애들 몇 명이 따라오고 있었다.

"아까, 애들이 나 걷는 거 따라 하더라."

그날 밤 아빠가 말했다. 나는 이불을 머리 위까지 뒤집어썼다.

"내가 병에 안 걸렸다면 로맨틱한 아빠가 됐을 텐데."

아빠는 지금 유령이니, 대답해 주면 내가 지는 거라고 생각했다.

그런데 이상했다. 양심의 가책을 느끼게 하려면 고무신을 신고 와야 하는데, 털신이라니. 한 시간 동안 고민하다가 결국 사람이 유령 속을 알 수는 없다고 결론 내렸다. 그리고 막 10시 30분이 지난 지금 나는 생각한다. 내 방은 유령을 닮았다고. 여기는 원룸 건물이라서 방마다 사람이 살고 있다. 오늘도 몇 명이나 발소리를 내며 방문 앞을 지나갔다. 그런데 아무도 모른다. 내가 유령 아빠와 한방에 있다는 현실을. 나 역시 이 건물에 사는 사람과 마주치면 아무렇지 않은 표정을 지어 보일 것이다. 아는 사람과 나의 이야기라고 해도 이를 드러내지 않는 문장들처럼.

작고 하얀 눈송이들이 나부끼는 20세기의 겨울밤. 한 남자가 왼발에만 털신을 신은 채 마당에 쓰러져 있다. 그는 뇌졸중 후유증으로 반신불수가 됐는데, 화장실에 가려고 나왔다가 갑자기 쓰러진 것이다. 오른쪽 신발은 신지도 못하고. 방 안이었더라면 꿈을 꾸고 있었을 시각, 그는 어둠 속에서 홀로 생과 사를 넘나들었다. 점점 더 많은 눈송이들이, 경직되어 가는 그의 몸 위로 춤추듯 내려왔다.

남자의 의식이 서서히 꺼져 갈 때,

"홀로 있게 해서 미안해."

21세기의 음성 메시지가 시공간을 초월해서 남자에게 전송되었다. 남자는 혼미한 의식으로도 그것이 딸의 목소리라는 것을 알았다. 아빠가 죽어 가는 줄도 모른 채 방에서 자고 있는 딸. 그녀가 미래에서 보내 온 메시지. 남자는 "죽어서라도 꼭 보러 가마." 하고 답신을 보내다가 삶을 마감했다. 그래서 메시지는 시공간을 초월하는 도중 삭제되고 말았다.

11시 20분.

이제 나는 아빠가 한쪽 발에만 털신을 신고 온 이유를 알고 있다. 내가 바로 오늘, 음성 메시지를 보냈기 때문이다.

홀로 있게 해서 미안해.

내가 읽은 이 문장이 음성 메시지가 되어 과거로 전송되었던 것이다. 나의 음성 메시지는 시공간을 초월해서 아슬아슬하게 아빠에게 도착했다. 이렇게 유령 아빠가 내 앞에 서 있는 것이 바로 그 증거.

사라진 시간의 저편을 보여 주는 문장들. 노트를 보고 있으니 머릿속에 장면이 하나하나 스쳐 지나갔다. 추억이 내 방에 머물러 있는 느낌이었다. 하지만 유령 아빠와 함께 있는 현재는 언제나 다음 순간, 미래로 나아간다. 내 방에 과거, 현재, 미래가 묘하게 엮여 있었다. 오늘이 가기 전에 아빠를 시간의 저편, 과거로 보내 줘야 할 것 같았다. 유령에게는 현재도 미래도 어울리지 않으니까. 지금의 내가 두 번 다시 노트에 기록된 시간 속에 존재할 수 없듯이.

"이제, 작별 인사를 쓸 거야."

아빠, 안녕.

쓰고 보니 '아'에는 공허함이, '빠'에는 외로움이, '안'에는 무기력이 들어 있었다. '녕'이라는 글자에서야 비로소 작별의 의미가 보였다. 유령에게 공허, 외로움, 무기력을 전해 주고 싶지 않았다. 그래서 문장에 사소한 변화를 주었다.

아빠, 안녕?

나는 아빠 앞에 노트를 내려놓았다. 그리고 오른손을 살짝 들고 아주 밝은 목소리로 문장을 읽었다. 한순간 마음이 바뀌었다. 이제 절대로 아빠를 저 먼 어제라는 시간 속으로 보내지 않을 것이다. 이렇게 내 앞에 있는 것이 바로 유령 아빠의 현재 아닌가. 앞으로도 계속 유령 아빠와 같은 방을 쓰는 것, 뭐 어때? 뉴 파파잖아. 묘한 설렘마저 느껴졌다.

5

그러나 오늘 아침, 기대와는 다른 하루가 펼쳐져 얼마나 서운했는지 모른다. 아빠는 하룻밤 꿈처럼 사라졌다. 내 메시지를 만남과 이별의 의미가 공존하는 인사로 받아들인 모양이었다. 유령답게 이별을 선택하고 시간의 저편으로 안녕히 가신 듯했다. 일단, 상식적인 현상이라고 생각했다. 나는 봉에 걸어 놓은 허리띠를 풀고, 바닥에 흩어진 옷들을 옷장 안에 정리하기 시작했다.

버스 정류장으로 나왔다. 아담이 외국에 있을 줄 알면서도 전화를 걸어 보았다. 신호가 가는데, 마침 버스 한 대가 도착했다. 나는 기사 아저씨에게 고개 숙여 "안녕하세요?"라고 인사했다. 혹시라도 일어날지 모르는 불행한 사건을 대비해서 미리 나 자신을 소개한 것이다. 기사 아저씨는 내가 버스에서 심장마비 같은 것으로 죽기라도 하면 가장 난처해질 사람이므로. 아저씨는 껌을 씹다가 내 쪽을 바라보곤 고개만 까딱해 보였다.

자리에 앉자 휴대폰에서 아담의 목소리가 흘러나왔다.

"아빠하고 좋은 시간 보냈어?"

"우리 아빠는 예전에 돌아가셨어."

처음에는 유령 아빠의 존재를 아담에게 말하는 것이 두려웠다. 하지만 이제 상관없다는 생각이 들었다. 최근 왜 내가 공상에만 빠져 있었는지도 친한 친구에게 수다 떨듯이 다 말해 버렸다. 아담은 잠시 침묵하더니 "음, 그래?"라고 말했다. 조금 당황한 것 같았다.

"그럼, 내가 상상할 수도 없는 시간을 보냈겠네?"

나는 새로웠던 어제를 일목요연하게 들려주었다. 단, '아빠'라는 주어는 생략했다. 소설의 인물을 대하듯 '그 사람'이라는 표현을 썼다. 나에게는 아빠지만 다른 사람에게는 한낱 유령에 불과할 테니.

"결국 내가 불렀던 거였어. 그 사람 앞에서 문장을 써 나가며 깨달았지. 내가 과거의 그 사람에게 메시지를 보내고 있었던 거야. 미래에서 보낸 메시지가 과거의 그 사람에게 전달된 거지. 과거, 현재, 미래가 묘하게 연결되어 있지?"

순간과 순간이 유기적으로 이어져 있다고 확신하는 아담. 말하면서 나는 아담을 이해하고 있음을 깨달았다. 그렇다고 해서 내가 아담이라는 소우주를 완벽하게 이해한다는 뜻은 아니다. 자연적인 현상이 있으면 초자연적인 현상도 존재할 수 있다는 것, 사고를 전환하면 다른 세계가 보인다는 것, 그 정도를 겨우 터득했을 뿐이다. 스쳐 가는 풍경을 바라보다가 다음 정거장이 지하철역이라는 안내 방송을 듣자마자 바로 버저를 눌렀다. 잠시 후 버스가 정차하자 사람들이 우르르 내렸다. 나는 아담에게 다시 전화를 걸었다. 사람들이 지하철역을 향해 경주하듯이 달려 나갔다.

"여행은 어땠어?"

나도 전화 통화를 하며 뛰었다. 아담의 여행 이야기는 들을 만한 것이 없었다. 가지 않았으니까. 나는 카드 단말기에 교통 카드를 찍고 지하 계단을 내려가서 열차를 탔다. 아담은 "그 놈의 잠 때문에"라는 말을 반복하다가 전화를 끊었다.

어둠 속을 달리는 평일 아침의 지하철, 열차 안은 일하러 가는 사람들로 복작복작했다. 나는 손잡이를 잡고 서 있다가 방금 보았다. 바로 앞 양복 입은 남자가 이제 막 반으로 접은 신문 하단에 실려 있던 기사 한 줄을.

멸종 동물 파란나비원숭이 베트남에서 발견!

기사를 자세히 읽어 보고 싶었으나 남자는 신문을 갖고 내려 버렸다. 자리에 앉은 후 아담에게 전화를 걸어 내가 본 기사 한 줄을 알려 주려고 했다. 그런데 마침 아담이 다시 전화를 걸어왔다.

"두 가지 가능성이 있어. 첫 번째, 그 아빠가 유령일 경우. 나는 유령이 살아 있는 사람과 글자로만 소통한다는 소리는 들어 본 적이 없어. 혹시 그런 예가 있나 해서 인터넷을 검색해 봤는데, 정말이라면 네가 세계 최초인 것 같아. 하지만 사실 아빠는 딸이 주절거리는 소리도 다 들었을 거야. 유령 아빠야말로 연기를 한 거지. 두 번째, 그 아빠가 유령이 아닐 경우. 유령 아빠는 네 머릿속에서 나온 거지. 너는 환각을 본 거야. 어쨌든 중요한 건 아빠가 보였고, 그분은 현재 살아 있지 않은 존재지만, 너는 그 경험을 통해 단어와 단어 사이를 잇는 문장의 법칙을 다시 자연스럽게 받아들이게 됐다는 거야. 그럼 내 역할은 여기까지. 아직도 졸려. 더 자야겠어."

아담은 자기 할 말만 하고 전화를 끊었다. 정말 아빠는 시간의 저편에서 왔을까? 아니면 내 환각일까? 나는 피식 웃었다. 어쩌면 아빠가 알 수 없는 저 먼 미래에서 왔을지도 모른다는 생각이 들었던 것이다.

"아빠, 유령, 문법."

아주 작은 목소리로 혼잣말했다. 그랬더니 뇌는 '이어져 있어! 이어져 있어!'라고 호들갑 떨며 반응했다. 철없는 위는 몸이 흥분 상태에 있다는 것만 알고 덩달아 꼬르륵 소리를 냈다. 그 와중에 입술은 오래전 소년 아담이 쓴 동시를 중얼거리고 있었다.

내가 모르는 곳에 쨍 박힌 외톨이 코끼리나무
물이 없어도 안 죽는 외톨이 코끼리나무
하루하루 죽음을 조롱하는 외톨이 코끼리나무

외톨이 코끼리나무가 모르는 곳에 쨍 박힌 나
가만히 앉아 있어도 몸이 이동하는 일상의 신비
오늘, 대중교통은 나를 싣고 세상을 달린다

순수 취향의
악마에게
손수건을
건네지 말라

순수 취향의 악마에게 손수건을 건네지 말라

1

내 삶의 마감 방식.

학생처럼 퇴장하리라.

수업을 받는 학생이라면 누구나 자리에 앉아 있어야 한다.

물론 잡념에 빠지거나 낙서를 하는 식의 자유야 누릴 수 있지. 그런데 어느 학생이 이런 질문을 한다.

"선생님! 발기했는데, 빠른 속도로 자위하고 와도 될까요?"

"그렇다면 자퇴를 하고 자위하도록 해."

정신이 제대로 박힌 선생이라면 이렇게 대답하겠지. 학교에서 모든 욕구를 실현하는 것은 불가능하다. 개인적이고 은밀한 욕구는 비공식적으로 해결하면 그만이다. 경쟁자인지 동료인지 모호한 사람들과 일상을 공유하면서, 통제 아래 자유를 누린다.

모조 예수가 정신병원에 들어간 후 나는 표준 사상을 가진 청년으로 돌아왔어. 이 사회와 인간에게 무모한 기대를 품지 않고 규칙 안에서 살아가는 아주 올바른 청년이 됐단 뜻이지. 하지만 한 달 전만 해도 나는 예수처럼 성스러운 인간이 내 곁에 숨 쉬고 있다고 믿어 의심치 않았어. 그런데 그 역시 공격을 당하면 분노에 휩싸이는 한 마리 인간에 불과하더군. 그게 나쁘다는 건 아냐. 진짜 예수도 그런 감정을 품었을지 모르지.

예수가 신의 아들이었다고 치자. 구원하려고 했던 대상에게 죽임을 당하는 상황이라니, 예수는 사기인지 전지전능인지 모를 능력을 발휘하여 인간들에게 복수할 수도 있었어. 하지만 만일 예수가 십자가에 못 박히기 직전 인간들에게 복수를 감행했다면? 웃기게도 신의 아들은 악마가 되는 거지. 복수하지 않고 구세주로 남을 것이냐, 구세주를 자처했던 악마로 남을 것이냐. 십자가에 매달려 못 박히는 그 순간까지 예수는 딜레마에 빠져 있었을 거야. 예수가 복수심을 드러내지 않은 건 참 현명한 결정이었어. 예수는 인간의 아들로 태어나서 십자가에 못 박혀 죽은 순간 신의 아들이 된 거라고. 그나저나 예수의 사도들은 이래저래 남길 말이 참 많았을 텐데.

나.

모조 예수의 하나뿐인 사도는 이 사건을 통해 도대체 어떤 말씀을 남겨야 하나?

2

사실, 고백하자면 나는 그 부탁을 거절하고 싶었어. 전화는 돌연사처럼 갑자기 걸려 왔지. 녀석의 어머니였어. 만일 그것이 어머니의 부탁이었다면 그 어떤 핑계를 대서라도 거절했을 거야. 녀석은 어머니에게 두 가지 부탁을 했더군.

첫째, 자신을 정신병원에 입원시켜 줄 것.

둘째, 입원하는 날 나를 불러 줄 것.

몇 년 몇 월 며칠 태어난 나, 아무개가 몇 년 몇 월 며칠 죽을 예정이오니 귀하께서는 부디 참석하시어 고인이 가는 길을 배웅해 주시기 바랍니다. 마치 장례식장에 초대받은 느낌이었달까. 녀석은 정신병원에서 인생을 마치기로 작정한 것 같았지. 그래서 나는 조문객답게 침울한 목소리로 참석하겠다는 의사를 전했던 거야. 그런데 녀석의 어머니와 통화를 끝내자 문득 이런 생각이 들더군. 왜 하필 나를 부른 거지? 만일 두 번 다시 세상에 나오지 않을 작정이라면 좀 더 특별한 사람을 불러야 하지 않겠어? 나는 도저히 녀석의 그 부탁이란 것을 순수한 의도로 받아들일 수 없었어.

　도대체 왜 나를 부른 걸까?

　입원 수속 절차가 이루어지는 내내 나는 이 생각에 얽매여 있었어. 이 새끼, 설마 나를 원망하는 거 아냐? 내가 도리어 옆에 앉아 있는 무기력한 동물, 아니 녀석을 원망의 눈빛으로 바라보았다니까. 녀석은 생을 포기한 한 마리 동물처럼 말없이 고개만 숙이고 있더군. 그런데 이상하게도 녀석이 침묵할수록 내가 형사 앞의 수배자처럼 불안해지는 거야.

　"춥지 않냐?"

　나는 외투를 벗어 녀석의 어깨에 걸쳐 주었지. 녀석은 미동도 하지 않았어. 그런데 가만 보니 중풍 환자처럼 한 손을 미세하게 떠는 거야. 그 떨림이 보디랭귀지처럼 보였지. 이 새끼, 나를 원망하는 게 확실하다. 나는 고뇌에 찬 듯 두 손으로 머리를 쥐어 잡은 채 고개를 숙였지. 그래, 그때 나는 진심으로 고뇌에 빠져 있었어. 녀석의 정신병원행은 내가 원한 결말이 아니었으니까.

　환자복을 입고 침대에 멀뚱히 앉아 있던 녀석의 모습. 예술 영화의 마지막 장면에 비유해도 무리가 없을 거야. 주인공 스스로는 불행하지만 보는 이들은 '아, 인간의 생이란 것이 저럴 수도 있지.' 이런 깨달음을 얻기에 참 탁월한 장면. 나는 그곳에서 되도록 빨리 나오고 싶었어. 하지만 녀석이 나를 바라보더군. 원망은커녕, 덫에 걸린 짐승이 구원 요청을 보내는 듯한 눈빛으로. 정말이지 안타까운 커뮤니케이션이었지. 부모마저 무기력하게 바라보고만 있는 그 상황에서 내가 무슨 재주로 녀석을 구원해 주겠어.

'이곳에서라도 부디 잘 지내.'

나는 눈빛으로 이런 메시지를 보냈어. 칼로 자해를 하느니 정신병원에서 안전한 사육 생활을 하는 것이 녀석에게는 더 나은 삶일 테니까. 그런데 녀석의 오른쪽 다리를 본 순간 이런 생각이 들더군. 혹시 저 새끼, 내가 사건의 전모를 밝혀 주기를 바라는 거 아냐? 그 후 녀석의 멍한 눈빛이 내 입술에 꽂혀 있는 듯 보이는 거야. 게다가 녀석은 무슨 말을 하려는지 입을 반쯤 벌리기까지 했어.

'직접 고발해! 나를 사건에 끌어들이지 마라!'

나란 인물은 이 사건과 아무런 상관이 없다. 그저 메신저였을 뿐. 나는 정신병자가 된 녀석 앞에서 마인드 컨트롤까지 해야 했다니까. 참 다행히도 곧 녀석의 입이 언어를 내뱉는 구멍이 아니라 임종 직전 무기력하게 벌어진 항문처럼 보이더군. 크게 숨을 들이마시려고 입을 벌리긴 했는데 자신이 인간이라는 것을 망각한 나머지 윗입술과 아랫입술을 붙이는 방법을 잊어버린 것 같았다고나 할까. 어쨌거나 내 메시지를 알아먹었는지 녀석은 창문 쪽으로 천천히 시선을 돌렸는데, 바로 그 순간 사회에서 완벽하게 분리된 청년이 내 눈에 보이는 거야. 그리고 깨달았지. 녀석은 사회 바깥에 있지만 나는 안에 있다는 것을.

"멀쩡했던 애가 왜 갑자기 저렇게."

병원 밖으로 나오자 녀석의 어머니가 눈물을 보이며 말했지. 초겨울의 오후 햇살이 철없는 아이처럼 그 눈물에 반짝 부딪혀 왔는데, 순간 사지가 절단된 몸뚱이가 땅바닥을 이리저리 굴러다닐 때의 그로테스크한 생명력 같은 것이 내 안에서 느껴졌어. 십자가에 매달린 예수를 바라보는 성모마리아 눈에도 눈물이 맺혀 있었겠지. 내가 그런 생각을 하는 동안 녀석의 어머니는 손수건으로 눈가를 지그시 눌렀어.

그러고 보면 녀석은 손수건의 용도를 몰라도 너무 몰랐던 거야. 녀석의 어머니는 왜 아들에게 손수건의 올바른 사용법을 알려 주지 않았던 걸까? 아들아, 오직 너의 눈물과 땀방울과 상처를 닦는 데만 사용하렴.

3

사실, 고백하자면 녀석에게서 처음 손수건을 건네받았을 때 기분이 나쁘지는 않았어. 그해 여름, 나는 대형 할인 마트 물류 센터에서 아르바이트를 하고 있었는데, 사람보다 물건이 많은 곳에서 말없이 박스만 옮기던 내 모습은 기계처럼 보였을 거야. 쉬는 시간, 창고 밖에서 피로한 눈으로 아파트 단지

의 불빛을 바라볼 때야 비로소 나 자신이 인간처럼 느껴지곤
했어. 하지만 내가 인간이라는 것을 증명해 줄 사람은 없었지.
혼자 밤하늘을 향해 호흡하듯 담배 연기를 날려 대곤 했으니까.
그런데 어느 날 밤, 부드러운 천이 내 목덜미의 끈적끈적한 땀
을 닦아 내는 것이 느껴지더군.

"내 손수건이 더러워졌는걸."

돌아보니 놀랍게도 녀석이었어.

"지나는 길에 우연히 들렀어. 여기서 일한다고 말했던 게
생각나서."

분명 근처에서 내 모습을 지켜봤을 거야. 그러지 않고서야
그 타이밍에 맞춰 나타났을 리가 없잖아? 녀석은 나한테 이온
음료 한 병과 손수건을 건네줬지. 일단 받긴 했지만 녀석의 '좋
은 사람' 가면에는 속지 않았어. 하지만 녀석한테 사람들을 자
신의 영역 안으로 끌어들이는 묘한 흡인력 같은 게 있다는 건
인정하지.

뭐, 딱히 궁금한 건 아니었지만 나는 녀석에게 무슨 일로
이곳에 왔느냐고 물었어.

"교회에서 오는 길이야. 어려서부터 저 교회에 다녔거든."

녀석은 공중에서 반짝이는 십자가 하나를 가리키며 말했어.
묻지도 않았는데 중학교 때 이사 가기 전까지 이 동네에 살았
으며, 어릴 적에는 부모님 손에 이끌려 교회에 다녔지만 이제
는 아니라고 신앙고백 비슷한 것까지 하더군.

"취향 한번 독특하네."

나는 꽃무늬 손수건을 내려다보며 말했어.

"우리 어머니 취향이야. 어렸을 때 길에서 넘어져 무릎이
까진 적이 있었거든. 울면서 집으로 돌아왔지. 어머니는 내가
남들 앞에서 상처를 보이며 울고 다닌 것이 마음 아프셨던 모
양이야. 그 후로 자주 손수건을 챙겨 주셔. 또 어디서 넘어져
도 눈물부터 닦으라고. 뭐 아무래도 자식이 나 하나니까, 신경
을 많이 쓰시는 거지."

나도 누군가의 하나밖에 없는 아들이라고. 하지만 내 경우
에 부모와 자식 사이는 피로 맺어진 계약 관계에 지나지 않았
어. 부모가 각자의 삶을 살기로 합의했을 때 나는 무력한 어
린애였지. 그 후 유실물처럼 친척 집에 보관되어 살아왔는데,
고등학교를 졸업하자 내 처지가 현실적으로 보이더군. 싸구
려 유실물은 주인이 찾아가지 않으면 결국 버려질 뿐이야. 손
수건에 대한 사연을 들은 후 나는 담배를 발로 비벼 껐어. 쉬
는 시간이 남아 있었지만 그만 들어가 봐야 한다고 말했지. 녀
석이 따뜻한 곳에 있다면 나는 보호받을 수 없는 바깥에 홀로
서 있는 사람이었어. 어두운 창고 쪽으로 터벅터벅 걸어가고
있는데 등 뒤에서 내 이름을 부르더군. 돌아보았을 때 어둠 속
녀석의 그 미소는 지금 떠올려도 인간적으로 눈이 부셨어.

4

이제 그 여자 이야기를 해야겠어. 만약 조물주가 세상에 존재하는 것만으로도 타인에게 피해를 주는 사람이 있느냐고 묻는다면 나는 그 여자를 추천할 거야. 그 여자, 나, 녀석은 같은 동호회 회원이었어. 모임에서 다른 사람들이 즐겁게 웃고 있을 때 그 여자는 혼자 눈물 흘리는 청승을 유감없이 발휘하더군. 사람들은 그 여자의 눈물에 반응하지 않았어. 일부러 무시했다기보다는 그들의 눈에 여자가 보이지 않았을 뿐이야. 평범함에도 못 미치는 얼굴이었으니까. 게다가 고개를 푹 숙인 채 소리 없이 흘리는 눈물을 누가 알아보겠어? 그런데 나는 어떻게 봤느냐고? 그 여자의 눈물을 최초로 알아본 사람이 내 허벅지를 쿡 찔렀기 때문이지.

나는 앞사람과 시시껄렁한 농담을 하다가 녀석을 바라보았지. 녀석은 손수건을 건네주면서 턱짓과 눈짓으로 내 옆을 가리켰어. 녀석이 아니었다면 나는 그 여자의 눈물을 발견하지 못했을 거야. 눈물이 볼을 타고 흘러내리고 있었지. 나는 손수건을 그 여자의 술잔 옆에 툭 내려놓았어. 그런데 잠시 후 녀석이 다시 쿡 찌르며 테이블을 가리키더군. 손수건은 테이블에 그대로 있었어. 녀석은 그 손수건을 직접 손에 쥐여 주라고 내 허벅지를 건드린 모양인데, 솔직히 나는 그러고 싶지 않았어.

손수건을 앞에 놓아 주는 것. 기껏해야 한두 번 얼굴 본 사이에 그 정도 친절을 베풀었으면 눈물을 닦든지 코를 풀든지 나머지는 본인이 알아서 해야 할 거 아니야. 나는 그 여자가 보란 듯이 시위용 눈물을 흘리고 있다고 생각했어. 감당하지 못할 슬픔이 있다면 그렇게 술자리에 죽치고 앉아 있었겠어? 비록 내 손을 통해 손수건이 전달되기는 해도 이건 녀석의 행동이다, 나는 손수건을 그 여자의 손등에 툭 떨어뜨렸지.

"애가 주는 거예요."

여자가 충혈된 눈으로 쳐다보기에 나는 손가락으로 녀석을 가리켰어. 그날 어두운 밤거리에서 녀석과 그 여자는 무슨 말인가를 주고받더군. 녀석이 두 손을 내젓는 것으로 봐서 손수건을 갖고 실랑이를 하는 것 같았어.

"괜찮아요. 언제라도 눈물이 나오면 그 손수건으로 닦아요."

아마도 녀석은 이런 말을 하지 않았을까. 시위용 눈물을 흘리는 여자와 포장용 미소를 짓는 남자라. 나는 몇 발짝 떨어진 곳에서 둘을 관찰했어. 잠시 후 여자가 균형을 잃고 휘청거리더니 구토를 하더군. 녀석은 여자의 등을 두드려 주고, 손수건으로 입가를 닦아 주기까지 했어. 그러더니 여자를 부축한 채 어둠 속으로 걸어가는 거야. 나는 그 뒤를 따라갔지. 녀석은 내 예상과 달리 여관의 불빛을 지나쳐서 거리로 나가 택시를 잡아 세웠어. 여자를 태운 후 계산까지 하더라고.

그 후 여자는 답례를 하고 싶다면서 녀석에게 만나 달라고 했어. 녀석은 처음에는 정중하게 거절했지만 사람의 순수한

호의를 무시하는 것도 도리가 아닌 것 같아서 약속 장소에 나
갔고, 두 사람은 그 뒤로 연락을 주고받게 된 모양이야. 나는
이런 사실을 녀석한테서 전해 들었어.

"손수건이 족쇄가 된 셈이네."

"그날 문득 외로움을 느꼈대. 사람들의 웃음소리가 낯설게
들렸다는 거야. 마음이 참 여린 사람이지?"

그렇다면 다른 사람들은 모두 기분이 좋아서 웃고 있었다는
건가? 하지만 나는 굳이 그런 말을 하지 않고 실실 웃기만 했
지. 그때는 녀석의 여자 보는 취향이 나와 다르다고만 생각했
어. 나는 동식물을 막론하고 연약한 것들은 상대하지 않아. 내
성이 없는 것들은 순수한 호기심에 툭 차기만 해도 부서질 테
니까.

그날도 녀석은 그 여자와 둘이 만나기로 약속이 되어 있었
지. 나는 녀석에게 전화를 걸었다가 같이 보자는 말에, 그냥
나가게 된 거야. 우리는 미리 만나서 이런저런 얘기를 하면서
그 여자를 기다렸어. 그 여자는 약속 시간을 정확하게 지키더
군. 나는 그 여자를 향해 손을 흔들며 웃어 보였어. 그런데 그
여자는 나를 이상한 눈빛으로 바라보는 거야. 지금 떠올려 봐
도 굉장히 기분 나쁜 눈빛이었어. 그 여자는 왜 내가 자기 앞
에 서 있는지 이해할 수 없다는 그런 표정을 짓고 있었다니까.

"이런 경우에는 미리 연락을 해 주는 게 예의야."

그 여자는 대답 같은 건 듣고 싶지 않다는 듯이 몇 발짝 앞

서 걸어가기 시작했어. 녀석은 그럴 수도 있지, 라고 중얼거리더니 그녀의 뒤를 개새끼처럼 졸졸 따라가더라고.

나는 그날 두 사람과 그저 그런 영화를 봤고, 그저 그런 술집에 들어가서 그저 그런 기분으로 앉아 있었어. 녀석과 그 여자는 컨디션이 좋아 보였지. 녀석이야 그렇다 치고, 그 여자가 싱글싱글 웃는 모습은 묘한 거부감을 일으키더군. 보통 썩 내키지 않는 인물이 앞에 있어도 예의상 한두 마디 정도는 건네잖아? 그런데 나는 그 여자에게 투명 인간과 다를 바 없는 존재였어. 그렇다면 그녀가 강조한 '예의'와 술자리에서 내가 느낀 그녀의 '예의' 없음은 어떻게 다른 것일까?

"취향 정말 특이하군. 뭐 하러 저런 여자를 만나는 거야? 가슴이라도 만지려고 하면 이럴 때는 미리 허락을 받는 게 예의야, 이러겠지. 그대, 섹스하는 데 몇 년은 걸리겠어."

그 여자가 화장실을 간 틈을 타서 녀석에게 말했어.

"섹스? 친구, 여자를 만나는 목적이 너무 동물적인 거 아니야?"

"동물적이라고? 그대가 믿는 종교에서는 이런 찬송가도 부르던데. 새벽부터 우리 사랑함으로써 저녁까지 씨를 뿌려 봅시다."

녀석은 피식 웃고 말더군. 지금 생각해도 그때 왜 그렇게 어리게 굴었는지 모르겠어. 잠시 후 그 여자가 돌아오고 녀석이 자리를 비웠는데, 나는 물 마시기 대회에 나온 것처럼 냉수만 끊임없이 마셨지. 그 여자는 내 몰골 따위 보고 싶지 않다는 듯이 아예 고개를 반쯤 돌렸더군.

"참 좋은 녀석이지?"

내가 그 녀석 얘기를 꺼내자 그 여자는 서서히 나를 바라보기 시작했어.

"다른 사람들과 달라. 순수한 사람이야."

그 여자가 말하는 '다른 사람'에는 나도 포함됐어. 다른 사람, 나는 그 여자의 눈에 예의 없는 인간으로 찍혀 있었지. 자신과 녀석 사이에 불쑥 끼어든 예의 없는 인간. 그 여자는 자신의 눈동자를 진실의 거울쯤으로 착각하고 있더라고. 보이는 것을 모두 의심하며 살아온 나로선 이해 가지 않았지. 만일 그 여자와 평생 둘이 살아야 하는 형벌이 주어진다면 나는 죽일 각오를 하고서라도 내 생각이 옳다고 주장했을 거야. 하지만 그 여자의 사람 보는 취향을 갖고 이러니저러니 입 아프게 떠들 필요는 없잖아?

그 후로도 우리는 몇 번 같이 만난 적이 있는데, 어느 날 나는 순수한 사람에게서 주의를 받게 됐어. 내가 녀석의 얼굴에 장난처럼 담배 연기를 내뿜은 적이 있었던 모양이야. 자연스럽게 옆에 앉았던 그 여자도 들이마시게 됐지. 녀석은 그 여자 앞에서는 연기를 조심해서 뱉는 것이 어떠냐고 말하더군. 거리에서 담배를 한 손에 쥐고 걷는 나의 행동도 그 여자 눈에는 몰상식해 보였던 모양이지? 내 옆을 지나가던 아이가 담뱃

불에 상처를 입을 수도 있다고 말했다더군. 뭐랄까, 그 여자는 하찮은 행동까지 문제 삼았어. 그 여자가 사람을 판단하는 기준에 따르면 갓 태어난 아기들을 제외한 거의 모든 인간들은 예의 없고 순수하지 않은 포유류에 해당될걸. 아, 녀석은 엄격한 기준을 가볍게 통과한 순수한 분이었지.

"항균 소독된 병원에서 평생 살라고 해."

라고 말하고 싶었지만 대신 녀석의 얼굴에 연기를 뿜으며 실실 웃었어.

"앞으로 조심하지, 뭐."

그 여자의 의견을 존중해서가 아니었어. 오히려 하찮게 생각했지. 하찮은 행동을 문제 삼는 그 여자가 내 눈에는 아주 하찮게 보였던 거야. 논쟁이란 것도 상대의 수준이 나와 비슷해야 가능한 거 아니겠어?

"그런데 그대, 꼭 보호자처럼 구네. 한쪽은 나쁜 친구를 일러바치는 어린애 같고."

"도와주고 싶어. 그 사람은 자신이 물에 빠진 사람 같대. 자신은 물속에서 허우적거리는데, 사람들은 다들 바쁘게 어디론가 뛰어간다는 거야."

나 같으면 진짜 물에 빠진 사람을 발견하더라도 녀석처럼 생각 안 할 텐데. 일반인이 물에 빠진 사람을 구할 수 있다면 구조 대원이 왜 필요하겠어? 하지만 나는 녀석의 고상한 취향을 이해한다는 듯이 웃고 말았지. 사실, 내겐 비정규직과 다를 바 없는 그 인간관계에 이것저것 간섭하고 싶지도 않았어. 내 예상대로 우리는 얼마 후에 자연스럽게 연락이 끊겼지.

그러니까, 그 여자를 다시 만난 것은 우연이었던 거야. 만일 그녀가 내 이름을 부르지 않았더라면 그냥 횡단보도를 건너갔겠지. 처음에 나는 그녀를 알아보지 못했어. 몇 년이 지났으니까. 그런데 자꾸 자기를 기억하지 못하겠느냐고 묻더군. 신호등의 파란 불이 위태롭게 깜빡거렸어. 하는 수 없이 우선 횡단보도를 건너자고 말했지. 그녀를 흘끔 쳐다보면서 내린 결론은 내 취향이 아니라는 것 정도였어.
"나한테 손수건을 줬잖아. 정말 기억 안 나?"
내가 태어나서 여자에게 손수건을 준 경우는 그때뿐이었지. 하지만 내가 줬다기보다는 녀석이 내 손을 크레인처럼 이용하면서 그렇게 됐던 거야. 나는 순간 그 여자를 통해 녀석을 떠올리고 있었어. 누군가 손수건으로 내 목에 흐르는 땀을 닦아 준 경우도 생애 처음이었으니까. 하지만 녀석의 안부 같은 건 묻지 않았지. 두 사람이 여전히 연락을 하고 있으리라고는 생각하지 않았거든. 그녀는 내 연락처를 달라고 했어. 그냥 알던 사람을 우연히 거리에서 만났을 경우 연락처를 교환하더라도 나중에 꼭 보자는 말로 자연스럽게 만남을 정리하잖아. 그런데 그녀는 일주일 후인가 진짜 전화를 하더군. 놀라운 것은 전화 내용이었는데, 그건 정말이지 놀라운 소식이었지. 그녀의 말에 의하면 녀석은 연락이 끊긴 사이에 불구가 되어 있었어.

"어쩌다가?"

그녀는 대답하지 않고 잠시 간격을 두더니 만나자고 했어. 나는 그러자고 했지. 누구보다 평탄한 인생을 살 것 같았던 녀석이 어느 날 갑자기 불구가 된 사연이 궁금했거든.

나는 조금 늦게 약속 장소에 나갔는데, 아마도 그 여자는 약속 시간을 정확히 지켰을 거야. 멀리서 그 여자를 본 순간부터 답답함이 느껴졌지.

"두 사람은 여전히 잘 지내나 봐?"

무심히 건넨 말이었는데, 그 여자는 대답하지 않았어. 그러더니 사람이 거의 없는 커피숍에 들어와서는 갑자기 이렇게 말하는 거야.

"내가 절교해 버렸지."

처음에 나는 이 여자가 무슨 말을 하나, 생각했어. 잠시 후에야 내 질문에 대한 대답이라는 것을 알 수 있었지.

상대방이 무심코 던진 말도 흘려버리지 않는 데다가 몇 년 전 알았던 사람도 타인들 틈에서 용케 알아보는 여자. 이런 걸 상대방 입장에서 고맙다고 해야 하나? 어쨌거나 나는 그 여자의 말에 어떤 대꾸도 하지 않았어. 절교라니. 이건 완전히 사춘기 소년 소녀들의 용어 사전에나 나올 법한 단어잖아. 그 이유 같은 것도 궁금하지 않았지. 녀석은 분명히 하찮은 이유로

절교당했을 테니까. 뭐, 그 여자 옆에서 담배를 손에 쥐고 싸 돌아다니기라도 했나? 생각하고 있는데,

"용서할 수 없었어."

그녀가 말한 거야.

그녀는 이야기를 주절주절 늘어놓기 시작했는데, 들을수록 답답해서 미치는 줄 알았다니까. 녀석을 '한 여자를 몇 년 동 안 감정적으로 농락한 파렴치한'이라고 평했을 때 내가 왜 답 답함을 느꼈는지 알 수 있었어. 그 여자는 자신의 눈으로 본 것을 나에게 강요하고 있었던 거야. 내가 아는 녀석은 여자를 농락할 능력 같은 건 있지도 않았어. 물론, 나보다야 그 여자 가 녀석을 더 잘 알겠지만 대상의 전체적인 모습을 보고 싶다 면 어느 정도 거리를 둬야 하는 것 아니겠어?

"나 결혼하는데 꼭 참석해 줄 수 있지? 네가 축하해 줬으면 좋겠다, 그 사람은 미소 지으며 말했어. 미안한 표정이라도 짓 고 있었다면 차라리 나았을 거야. 그 후 그 미소가 떠오를 때 마다 견딜 수 없었어. 나를 조금이라도 생각했다면 그럴 수 없 었겠지. 그때 비로소 알았던 거야. 이 사람은 결국 자기 자신 만 생각했다는 걸."

"그 녀석, 지금 결혼했어?"

나는 이야기를 빠르게 진행시키고 싶었어. 그 여자의 넋두 리나 들으려고 주말에 시간을 낸 게 아니니까.

"처음에는 정말 용서하려고 했어. 노력도 해 봤지. 하지만 쉽지 않았어. 왜 너는 내가 없는 곳에서 미소 짓고 있는가. 나는 불행한데, 어째서 너는 미소 짓고 있지? 그래, 그 미소 때문이었어. 그 사람의 미소가 떠오르는 것이 너무 괴로웠어. 나중에는 그 사람의 웃음소리까지 들릴 정도였으니까."

그녀의 목소리를 듣고 있자니 슬슬 짜증이 밀려오더군. 만일 그 여자가 녀석을 이성으로 생각했다면 배신감을 느꼈을 수도 있지. 하지만 개인적이고 은밀한 사연을 몇 년 만에 만난 사람한테 무작정 털어놓는 여자, 나는 그 여자의 상황이 아니라 그 여자 자체를 이해할 수 없었던 거야. 그래서 딴생각에 빠져 있었는데,

"잘못을 했으면 당연히 벌을 받아야지."

어느 순간 그 여자의 목소리가 차갑게 변했어.

"그 사람은 나한테 한 짓을 다른 사람에게도 하겠지. 그래서 경고를 준 거야."

"경고?"

"죽이지는 말고 신체 부위 하나를 망가뜨려 달라고 의뢰했지. 그 사람에게 깨달음을 주기 위해서 나는 모아 놓은 돈을 전부 청부업자한테 줘 버렸어. 하지만 아깝지는 않아. 나는 그 사람의 인생을 교정해 주었으니까. 그 사람은 이제 타인 앞에서 미소 짓는 것이 얼마나 고통스러운 일인지를 깨닫게 되겠지."

그녀는 녀석을 떠올리는 듯 미소 지었어. 나도 그녀의 미소

를 보면서 깨달음을 얻었지. 돈만 있다면 사람 하나 병신 만들 수 있는 사회에 내가 살고 있구나.

"그런데 얼마면 다른 사람의 인생을 망가뜨릴 수 있는 거야?"

아차, 그녀는 자신이 녀석의 인생을 교정해 주었다고 생각하고 있는데, 나는 그만 말실수를 해 버렸어. 그 여자는 어떤 죄책감도 느끼지 않는 것 같았지. 죄책감이라니. 그런 게 있었다면 내 앞에서 범죄 사실을 털어놓았을 리가 없지. 오히려 자신의 행위를 완벽하게 이해받고 싶어 하는 것 같았어. 그러기 위해선 녀석과 그 여자를 동시에 아는 누군가가 필요했을 테고. 젠장, 나는 두 다리를 저주했어. 왜 하필 그 횡단보도를 지나갔을까. 더불어 혀도 저주했지. 그런데 바로 그때 내 혀는 다시 능수능란하게 움직이기 시작했어.

"지금, 그 말을 나보고 믿으라고? 뭐, 그 녀석을 볼 일이 없으니 확인할 수도 없고. 그나저나 오랜만에 만났는데 어떡하지? 나 그만 가 봐야겠어. 다음에 또 보자고."

5

그 언젠가 녀석과 함께 바라본 공중의 십자가. 여자를 만난 지 사흘째 되던 날 밤 무엇에 이끌리기라도 한 듯 나는 녀석이 가리켰던 십자가의 불빛을 향해 걸어갔어. 마치 신이 녀석과 나 사이의 메신저가 된 느낌이랄까. 교회에서 녀석의 바뀐 전화번호를 알고 있는 사람을 만났어. 나는 녀석이 손수건을 건네준 장소 주변을 불안하게 맴돌면서 전화번호를 화면에 띄우기만 했지. 그러다가 어느 순간 통화 버튼을 누르고야 말았어. 내가 보내는 신호가 밤하늘을 뚫고 우주로 날아가는 것처럼 느껴져 멍하니 어둠을 바라보고 있는데 휴대폰에서 녀석의 목소리가 들려왔어.

"누구시죠?"

태어나서 내 이름을 그렇게 더듬거리며 말한 적도 없을 거야. 녀석은 나를 기억하고 있었어. 기억한 정도가 아니라 반가워하기까지 했지.

"지금 어디 있는 거야?"

나는 녀석이 손수건을 건네주었던 장소에 두 발을 붙이고 서 있었지만 아무 말도 할 수 없었어. 녀석의 질문은 내 귀에 왜 나한테 전화를 하는 거야, 라고 들리는 것도 같았어. 왜 전화를 걸었는지 스스로도 이해할 수 없었지. 우연히 거리에서 그 여자를 만났다, 네가 떠올라서 연락처를 물어봤고, 이렇게 지금 너와 목소리를 주고받는 거다, 나는 이런 사실만 털어놓았어. 그러자 녀석은 놀랍게도 이렇게 되묻는 거야.

"혹시 그 사람 전화번호 알아?"

나는 모른다고 대답해 버렸지. 전화 통화로는 녀석이 어떤 상황에 처해 있는지 알 수 없었어. 밝은 목소리더군. 하마터면 "너 불구 됐다며?"라고 물어볼 뻔했다니까. 주말에 만나자고 하자 녀석은 스케줄이 있다고 말했어. 그리고 나는 그 스케줄이란 것을 캐물어 결국 취향에도 맞지 않는 장소에 가게 되었던 거지.

"세상에 버려진 느낌이었습니다. 저를 이 지경으로 만든 사람을 증오하기도 했습니다. 그런데 어느 날 이런 깨달음이 왔습니다. 나는 죽을 수도 있었다, 왜 범인은 기껏 머리를 둔기로 내리친 후 한쪽 다리만 망가뜨린 걸까? 내가 그 어두운 골목길에서 잃어버린 것은 오른쪽 다리와 지갑뿐이다, 그런데 나는 그 이상의 것까지 버리려고 한다. 어둠 속에서 저는 비로소 한 줄기 빛의 소중함을 알게 된 것입니다. 우리는 최악의 상황에서도 마지막까지 차선을 생각해야 합니다. 저는 이 불행을 하나님의 채찍으로 알고 빛 속으로 걸어갈 것입니다. 나머지 한쪽 다리마저 망가진다면 기어서라도 빛 속으로 갈 것입니다!"

하나님의 채찍이라니. 신이 무슨 사디스트야? 나는 뒷자리에 앉아서 녀석의 간증이라는 것을 들었는데, 내용이 유치하긴 했지만 실화라고 생각하니 그래도 들어줄 만하더군.

모든 순서가 끝나고 나는 혼자 밖으로 나왔어. 복도 벽에는 백인 예수의 초상화가 걸려 있었지. 리얼리티라고는 티끌만큼도 없는 예수의 초상화를 바라보는데 이런 질문이 들리는 것 같았어. 지금 어디에 서 있는가? 나는 무엇 때문에 여기 온 걸까? 녀석이 불구가 된 모습을 두 눈으로 직접 보기 위해서? 초상화 속의 예수는 쓸데없는 건 생각하지 말고 자기 품에 안기라는 듯이 두 손을 쫙 벌리고 있더군. 순진한 여자를 후리기에 탁월한 포즈라고 생각하고 있는데, 내 이름을 부르는 소리가 들렸어.

뒤를 돌아보니 녀석이 두 팔을 벌린 채 보조 기구를 착용한 다리로 절뚝거리며 걸어오는 거야.

"이야, 이거 정말 얼마 만이야? 여기 올 줄은 몰랐는데?"

나는 얼떨떨한 표정으로 서 있었어.

"아, 내가 이런 모습이라서 당황했겠구나. 작년 봄에 갑자기 사고를 당했어."

녀석은 미소를 띤 얼굴로 말했어. 혹시 착시 현상이었을까? 순간 녀석이 빛 속에 있는 것처럼 보였어.

사실, 고백하자면 녀석이 간증인지 뭔지를 할 때 나는 그 순수성을 의심했어. 우울증 환자가 아닌 이상 어떤 상황에서든 우선은 살기 위해 몸부림쳐 보는 게 인간이잖아. 녀석은 어둠 속에서 숭고한 깨달음이라도 얻은 척 말했지만 내가 보기엔 생존 본능으로 기어 나온 거야. 만일 어둠 속에 녀석과 나 둘만 있다고 쳐. 한쪽을 죽여야만 살아 나올 수 있는 상황이라면 녀석은 강렬한 생존 본능으로 내 숨통을 끊어 놓을 거라고.

그러고는 종교 취향이 비슷한 사람들 앞에서 악마를 죽였노라고 떠벌리겠지.

그런데 만일 녀석이 교회에서 떠벌린 얘기가 모두 진심이었다면?

내가 예수의 초상화를 멀뚱히 쳐다보고 있을 때, 녀석은 내 뒷모습을 바라보고 있었겠지. 그리고 나라는 것을 확인한 순간 주저하지 않고 절뚝거리며 걸어왔어. 정말 나라는 인간이 눈앞에 서 있다는 사실이 반가웠던 거야. 과거는 미래의 디딤돌일 뿐이다, 나는 빛 속으로 걸어가겠다, 내가 한 귀로 흘려버린 녀석의 메시지가 효과를 발휘하기 시작했어.

"그동안 어떻게 지낸 거야?"

진심으로 내 안부를 궁금해하는 말투였어. 나는 대답 대신 녀석이 내민 손을 조심스럽게 잡았지. 다른 사람 눈에는 악수처럼 보였겠지만 그것은 악수가 아니었어. 내가 당신의 곁에 머물러도 되겠습니까, 라는 의미가 담긴 보디랭귀지. 이 녀석이 타인에게 보여 주는 미소는 진짜다. 진실한 것이다. 태어나서 처음으로 인간을 믿게 되었던 거야. 돈이든 신이든 그 무엇이든 간에 인간에게는 전폭적으로 신뢰할 대상 같은 것이 있으면 좋은 거라고.

그날 이후 나는 녀석을 자주 찾아갔어. 내 영혼이 쉴 곳처럼 느껴졌다고 해야 할까. 녀석 역시 나의 방문을 싫어하지 않는 눈치였어. 내가 못 찾아가는 날이 길어지면 오히려 녀석이 전화를 걸어 시시콜콜한 것까지 묻던걸. 만일 녀석이 평생 사회로 복귀하지 못한다면 나는 죽기 직전까지 녀석의 일용할 양식을 구해 올 생각이었어. 방구석에 있는 나의 성스러운 형제를 위해서라면 이 세상 사람들을 모두 적으로 삼을 수도 있었지.

당시 녀석은 내게 어떤 의미였을까? 어느 날인가는 녀석이 아버지인지 스승인지 모를 모호한 눈빛으로 나를 바라보며 제대로 된 직장을 구해야 하지 않겠느냐고 묻는 거야. 나는 녀석을 처음 만났을 때부터 줄곧 비정규직만 전전하고 있었거든. 내 미래를 걱정해 주는 사람이 있다니. 고백을 받은 소년처럼 쓸데없이 부끄러워지더군.

"내가 괜한 말을 했구나."

그때만큼은 표정 관리를 못 하고 고개만 푹 숙이고 있었는데, 녀석은 내 행동을 오해한 것 같았지.

아무튼 녀석과 함께 있으면 세상과 분리된 성역에서 쉬고 있는 느낌을 받았어. 하지만 의외의 상황이 전개되었지.

"그 사람은 잘 지내나?"

녀석에게 그 여자는 아주 건강해 보였고, 무슨 일을 하는지 모르지만 무척 잘 지내고 있는 것 같았다고 말해 주었어. 그런데도 녀석은 치매 걸린 노인처럼 그 여자의 안부를 계속 묻는 거야. 그러면 나는 쉬다가도 긴장감을 느껴야 했어. 내 안에 흉기가 박혀 있어서 평소에는 장기인 척 위장해 가만히 있다가 녀석이 그 여자 얘기만 꺼내면 나를 이리저리 찌르는 것 같았어.

"작년에 대인 기피증에 시달렸어. 인생의 동반자라고 생각했던 사람도 나를 떠났으니까. 하루하루 무덤 속에서 겨우 숨만 쉬고 있는 것 같았지. 그때 그 사람 생각이 난 거야. 그 사람은 자신이 혼자 물에 빠져 있는 것 같다는 말을 자주 했지. 비로소 그 심정이 이해되더라고. 생각해 보면 약혼녀와는 다른 의미였지만 내 옆에 오래 있었던 사람이었어. 내가 그 사람을 도와준다고만 생각했는데, 헤어진 후에는 그 사람이 나한테 도움을 준 셈이지."

"무슨 도움?"

"사람이 어둠 속에 한참 있다 보면 말이야, 가장 오래 곁에 있던 사람을 떠올리게 돼. 그 사람은 나를 대하는 태도가 변함없었지. 잔잔한 물처럼. 내가 어느 날 불구의 몸이 됐다고 해도 나를 있는 그대로 봐 줄 것 같은 사람."

잔잔한 물? 녀석은 고여 있는 물을 잔잔한 물로 오해한 격이었지. 고인 물이 썩기밖에 더 하겠어?

진실을 알고 있는 이상 도저히 들어줄 수가 없더군.

"그런 여자 잊어버려! 정신병자한테는 전문가의 도움이 필요한 거야."

"정신병자?"

"그 여자는 악마야! 우리 같은 사람은 악마를 구원해 줄 수 없어."

"왜 그런 말을 하는지 모르겠지만 여기 없는 사람 얘기는 그만 하자."

악마.

녀석이 나를 자극하는 바람에 툭 튀어나온 단어였지. 그 여자는 녀석에게 복수를 했어. 그 복수는 법적으로 구속감이었지. 내가 판단할 때도 아주 비인간적인 복수였어. 녀석을 진정으로 사랑했다면 직접 자신의 손으로 죽이거나 망가뜨렸어야지. 돈으로 청부업자를 사다니. 그리고 경고라고? 그 여자는 자기 자신을 신처럼 생각하는지 모르겠지만 다른 사람 눈에는 악마일 뿐이야. 그런데 신과 악마의 차이는 뭘까? 왜, 신도 구원이란 그럴듯한 슬로건을 내걸지만 인간이 마음에 들지 않으면 응징하잖아. 낙원에서 추방했으면 우리 멋대로 살게 내버려 둬야지, 안 그래? 혹시 신과 인간은 애증 관계인 걸까?

나는 그때 예수의 진가를 깨달았던 거야. 인간의 아들 예수는 사람들에게 복수하고 싶었을 거야. 하지만 신의 아들 예수는 사람들의 죄까지 뒤집어쓰기로 작정한 거지. 예수는 인간의 아들로 태어나서 신의 아들로 생애를 마감한 거야. 어느 날 내 안에서 순수한 호기심 같은 것이 발동하기 시작했어. 녀석이라면 기꺼이 악마 같은 그 여자를 용서할 수 있을 것 같았지. 만일 녀석이 그 여자를 진심으로 용서한다면 어떻게 될까? 그 여자는 자신이 어떤 잘못을 저질렀는지 알게 될 거야. 그러면서 녀석이 구세주와도 같은 사람이었다는 것을 깨닫게 되겠지.
그 순간 녀석은 비로소 목적을 달성하는 거야. 물에 빠진 사람
을 도와주겠다던 그 고상한 목적을.

"범인한테 복수하고 싶지?"

"복수?"

나는 무척 조심스럽게 꺼낸 말이었는데, 녀석은 피식 웃
었어.

"범인이 누군지도 모르는 상황에서 어떻게 복수를 하겠어?
나한테 한 짓을 다른 사람에게 안 하면 그만이지."

녀석은 죽은 사람을 떠올리듯이 허무하게 웃더군.

"만일 어두운 방 안에 범인이 묶여 있고, 그대 손에는 칼이
있어. 그대는 상대방을 찌를 거야?"

"그건 악순환이지. 아, 이런 얘기 그만 하자."

녀석은 미소 지었어. 그 미소가 과거의 상처를 완전히 치유
했다는 증거처럼 보이는 거야. 다시 말하지만 나는 녀석이 그
여자를 용서할 수 있을지 궁금했을 뿐이야. 악의라고는 눈곱
만큼도 없었어. 악의라니. 말도 안 되지. 나는 녀석을 예수의
가치로 생각했는걸.

형제가 나를 찔렀을 때 용서해야 하나요?

용서하라.

립 서비스는 그만두세요! 나는 말이 아니라 행동을 보고 배
우겠어요. 자, 어떻게 하시겠어요? 당연히 그 악마 같은 여자

를 용서하시겠죠?

그렇게 머릿속으로 웅얼거리는 동안 내 입은 진실을 말했지. 이야기는 그 여자와 내가 횡단보도에서 우연히 만난 상황부터 시작됐는데, 나는 그 여자의 표정 하나하나까지 기억나는 대로 모조리 말했어. 내 주관적인 감상은 밝히지 않았지. 메신저는 전해 들은 그대로를 말해야 하니까. 그래, 그때 나는 진실의 메신저가 된 기분마저 들었어.

"그 여자는 지금도 너를 용서할 수 없는 모양이야."

내 주관적인 평이라면 이게 전부였지. 녀석은 간증인지 뭔지를 할 때 분명 범인을 증오했다고 말했어. 그래 놓고는 약혼녀가 자신을 버린 후에 그 여자에게 고마움을 느꼈다고 했어. 웃기게도 녀석은 한 대상을 증오하면서 그리워했던 거야. 자, 그렇다면 이 감정을 어떻게 바로잡아야 할까? 녀석에게도 생각할 시간이 필요했을 거야. 그래서 나는 사형수처럼 무기력하게 앉아 있는 녀석을 남겨 놓고 집으로 돌아왔는데.

다음 날, 녀석의 휴대폰이 꺼져 있더군. 집에 찾아가 봤지만 만날 수도 없었어. 어머니가 방문을 열었을 때도 불을 꺼 놓고 죽은 듯 누워 있었던 모양이지? 어머니 말이, 아무리 깨워도 녀석이 일어나지 않는다는 거야. 하마터면 나는 너무 걱정이 된 나머지 자살했느냐고 물어볼 뻔했어. 다음 날도 전화를 받지 않더군. 며칠이 지났을까. 한밤중 전화가 걸려 왔어. 나는 잠결에 전화를 받았다가 그로테스크한 전율에 휩싸였지.

수화기 너머에서는 인간의 울음소리만 들려왔던 거야. 그런데 곧 그 울음 속에 어떤 메시지가 있다는 것을 알았어.

모두 진실이야?

나는 아니라고 말했어. 너한테 진실만을 말한 것은 아니라고. 그러자 녀석이 서서히 울음을 멈추더군. 최악의 상황에서 차선을 보던 그 마음가짐으로 돌아가려고 노력하는 것 같았어.
"그 여자 전화번호를 모르고 있다는 거. 그게 거짓말이었어. 번호 알려 줄 수도 있어. 그리고 그 여자를 고발하고 싶으면 내가 증인이 —"
뚝.
전화가 끊겼지. 그 후 녀석은 방구석에서 죽은 듯 있다가 광인으로 부활했어. 나는 기다리다 못해 녀석의 집에 전화를 걸었다가 그 사실을 알게 됐지. 처음에 녀석의 어머니는 아무 일도 없다는 듯이 말하더군. 녀석이 그냥 자고 있다는 거야. 하지만 나는 들었어. 녀석이 인간과 짐승의 경계에서 울부짖는 소리를.
"걱정이 돼서 전화해 봤어요. 도무지 일도 손에 잡히지 않고."
나는 진심으로 녀석을 걱정했다니까. 역시 진심이란 건 통하는 모양이지? 잠시 후 녀석의 어머니가 울먹이며 진실을 말하더군. 녀석이 이상해졌다고. 나는 곧장 뛰쳐나와 녀석의 집으로 향했어.

그날 밤, 내가 녀석의 방에서 목격한 것은 분노와 슬픔으로 상처 입은 한 마리 동물이었어. 도대체 얼굴에 난 그 상처는 뭐야? 자해라도 했어? 녀석에게 다가가려고 했어. 그런데 그 동물이 녀석의 탈을 쓰고 나를 뚫어져라 보는 거야. 살기로 가득한 야생동물의 눈빛과 다를 바 없었어. 다행인지 불행인지 나를 아주 뚜렷하게 기억하는 것 같았지. 한 발짝도 다가오지 마라. 네 살점을 뜯어 버리겠다. 증오의 눈빛으로 나를 바라보는 인간 한 마리.

'지금 네 눈앞에 있는 나를 믿지 마라. 내가 너한테 해 준 모든 말을 부정해라. 그러면 너는 스스로 구원받을 것이다.'

녀석에게 이 말을 하려고 했어. 그러나 입을 여는 순간 녀석이 내 목을 물어뜯을 것만 같았지. 나는 최악의 상황에서 후퇴하듯이 거리로 나오는 수밖에 없었어.

사실, 고백하자면 나는 그 거리에서 울고 말았어. 날카로운 것에 정통으로 찔려 버린 것처럼, 인간적으로 도저히 참을 수 없는 통증이 시작된 거야. 나를 찌른 인간을 절대로 용서하지 않겠다고 다짐하며 주변을 두리번거렸어. 그런데 형제자매님, 그 거리에는 이름 모를 타인들만 가득했어. 그들은 내가 존재한다는 사실조차 모른다는 얼굴로 지나다니더군. 거리에서 소리 소문 없이 죽어 버린 나 자신을 추모하듯 고갤 숙인 바로 그 순간 느끼고 말았어.

　그 칼날은 바로 내 몸 구석구석에 숨어 있었던 거야. 어떤 사람에게도 전달되지 못한 나의 감정이 차가운 칼날로 변해 있을 줄은 나도 몰랐던 거지. 그것들이 따뜻한 피를 느끼고 싶어서 나를 공격한 걸까? 만일 녀석이 가짜가 아니었다면 그 무수한 칼날을 한꺼번에 녹여 줄 수 있었을 텐데. 녀석은 나를 기만했어. 물론, 녀석의 의도는 아니었겠지. 그 녀석은 스스로를 기만하며 살아왔으니까. 그러고 보니 우리 모조 예수님, 정신병원에 들어가기 전까지 그의 생애를 통해 이 말씀 하나 남기셨네.

　순수 취향의 악마에게 손수건을 건네지 말라.

페팅하러
가도 돼?

페팅하러 가도 돼?

지구의 밤

지구는 우주에서 빙글빙글 돌며 오늘 밤을 만들고, 지구인들은 방에서 뒹굴뒹굴 섹스하며 생명을 만들고, 생명은 우주의 어둠 속으로 사라져 간다. 이런 밤이 몇천 번 흘러 내 생애는 종료되고, 다른 지구인이 오늘의 이 장소에서 밤을 본다. 그 지구인이 누구인지 몰라도 내가 예언할 수 있는 한 가지.
여전히 지구의 밤은 깊고 검으리라는 것.
이런 밤이 최근 조금 달라졌다.

며칠 전 내 방에 인테리어 소품 하나가 제 발로 뚜벅뚜벅 걸어 들어왔다. 그 소품은 밤이 되는 순간부터 스스로 빛을 내기 시작한다. 오늘은 유난히 소품의 존재감이 눈부시게 드러나는 밤이다.

"스물아홉 번째야. 이러다 정말 턱 빠지겠네. 하품은 쿨하게 끝나야 하는데."

내 책상에서 일러스트 작업을 하며 스물아홉 번째 하품을 하는 저 사람이 바로 내가 말한 소품, 아담이다. 밤마다 가로등, 형광등, 네온사인이 거리와 방에서 활약하지만 나는 아담이라는 타인에게서 빛을 감지한다. 혼자 살다 보니 인간이 조명 인테리어 효과를 발휘할 수 있다는 것도 알게 되었다. 나는 침대에 누워 아담을 구경하고, 아담은 방 주인이 쳐다보거나 말거나 사생활에 열중한다. 솔직히 말하면 아주 가끔 아담이 이성으로 느껴질 때가 있다. 하지만 나는 게이에게 딴마음을 품는 여자는 아니다.

아담은 '쿨하게 하품하기'를 포기하고 냉장고에서 물을 꺼내 커피포트에 붓는다. 나는 물이 커피포트 바닥에 부딪히는 소리를 들으며 눈을 감는다. 냉장고 문이 닫히고, 커피포트의 플러그가 콘센트에 꽂히는 소리에 이어 스위치를 켰다 껐다 하는 소리와 플러그를 넣다 빼는 소리가 반복해서 들려온다. 눈을 뜨자 커피포트를 이리저리 살피는 아담이 보인다.

"어? 이 엄마 고장 났잖아. 불이 안 들어와!"

아담이 사물을 가족 취급한 건 둘째 날부터였다.

아담은 방을 휘 둘러보더니 갑자기 "이걸 엄마라고 부르자."
라고 말했다. 아담이 말한 '이것'이란 바로 전기밥솥. 내 방에
는 제2의 엄마, 제3의 엄마도 있다. 아담은 가스레인지, 커피
포트, 밥솥을 모두 엄마라고 부른다. 아빠도 있다. 창문, 화장
실 문, 현관문은 아빠다. 공간과 공간을 연결하는 문은 아빠.
가스나 전기를 이용하여 음식을 따뜻하게 만드는 것은 엄마.
나는 아담에게 왜 그런 유아적인 놀이를 하느냐고 물어봤다.
그랬더니 아담이 실실 웃으며 "우리는 엄마의 에너지를 받
아야 아빠를 열고 밖으로 나갈 수 있어."라고 이상한 소릴
했다. 그 후 나는 아담이 빛을 내는 물건, 이를테면 형광등
이나 스탠드에 유아라는 이름을 붙였을 때 절대 그 취지를
묻지 않았다.

아무튼 아담이 온 후 내 방에는 아빠, 엄마, 유아가 함께 사
는 상황이 펼쳐졌다. 어쩌면 지구에서 그 나이에 아담처럼 사
고하는 사람은 아담밖에 없을지도 모른다. 나는 아담과 동갑
이지만 가스레인지는 그냥 가스레인지 취급하는 사람이며, 아
담이 문제 있다고 말하는 커피포트를 절대 '엄마'라고 부르지
않는 사람이다.

나는 다른 사람 앞에서 과연 저 인간을 안다고 자신 있게
말할 수 있을까? 내가 아는 아담은 타인의 주변을 빙글빙글
돌지 않아도, 자기 주변을 빙글빙글 도는 타인들 없이도 스스
로 존재감을 느끼는 사람. 또한 아담이라는 개인으로 활동하

는 사람. 개인 아담이 무서워하는 게 있다면 개인의 정체성이 보호받지 못하는 집단 시스템. 어젯밤 아담은 텔레비전에서 뉴스를 보다가 갑자기 "나는 몰려 있는 사람들이 제일 무서워."라고 말했다. 정말 뜬금없이 그 말을 하는 바람에 나도 뜬금없지만 "나는 혼자 있는 게 무서운데."라고 대답했다. 그랬더니 아담은 바보처럼 실실 웃으며 "그럼 내가 은인이야?"라고 말했다. 웃음에도 여러 가지가 있을 텐데, 바보 같은 웃음만 짓는 사람. 누군가 안녕하세요? 하면서 칼로 찔러도 실실 웃으며 "안녕 못해요, 나 죽어 가는 중이거든요."라고 대답할 사람.

"이거 따로 둘까? 재기 불능이야."

아담이 커피포트를 가리키며 말했다.

"거기 놔둬."

아담에 대해 잘 안다고 자신하는 부분이 있지만 한편으로는 알 수 없는 부분도 많다. 내 방에 가구라고는 침대, 옷장, 책상이 전부다. 사람 한 명이 기거하기에 딱 맞는 공간. 아담은 도대체 무슨 생각으로 이런 곳에 커다란 가방까지 들고 찾아온 것일까?

그날 밤, 나는 책상 앞에서 추억을 떠올리고 있었다. 그보다 며칠 전, 죽은 사람이 내 방에 찾아왔다. 아빠였다. 아빠는 옷장 앞에 서 있다가 사라졌는데, 나는 그 사실을 아담에게만

알려 주었다. 현실적으로 부지런히 살아가는 사람들에게 비현
실적인 얘기를 들려주고 싶지 않았다. 왠지 예의에 어긋나는
일처럼 느껴졌다. 그리고 무엇보다 나만의 추억을 이리저리
떠벌릴 필요는 없다고 생각했다.

"아저씨! 안녕히 가세요."

추억에 빠져 있는데, 차 문 닫히는 소리가 들려왔다. 자정
이 넘은 시각, 집 앞에서 아담과 똑같은 목소리를 듣다니 신기
한 일이라고 생각했다. 생각난 김에 전화를 걸어 보았더니 휴
대폰에서 "지금 가는 중."이라는 아담의 목소리가 흘러나왔다.
도어 뷰로 내다보니 과연 밖에 아담이 서 있었다.

"어디 가는 길이야?"

문을 열었더니, 아담 옆에 커다란 여행용 가방이 놓여 있었다.

"방금 여기 도착한 거야."

나는 아담과 아담의 커다란 가방을 바라보았다.

"나 좀 당분간 맡아 줘. 여자 혼자 사는 원룸에서는 살인,
강간, 절도가 한꺼번에 일어날 수도 있잖아. 분명 나는 실용성
이 있을 거야."

방 주인의 허락은 형식에 불과했는지, 그 말이 끝났을 때
아담은 이미 방 한가운데 들어와 있었다.

"그러고 보니 이 방은 생과 사가 공존하는 공간이네? 죽은
사람도 오고, 살아 있는 사람도 오고."

생과 사가 공존하는 공간. 다시 말하면 살아 있는 사람이 갑

자기 죽을 수도 있는 공간. 순간 아담이 무심코 던진 말 한마디가 나의 운명을 예언하는 것 같아 섬뜩했다. 그런데 아담은 뭐가 그리 좋은지 남의 방 한가운데서 실실 웃고 있었다. 무방비 상태의 바보 같은 웃음을 보고 있자니 내가 예민하게 반응했다는 생각이 들었다. 일이 이렇게 굴러가서 또래들이 하나둘 가정을 만드는 시기에 나는 게이하고 한 침대에 누워 지내게 됐다. 잠도 잘 오지 않는 밤이면 옆에서 쿨쿨 자는 아담을 보며 생각했다.

과연 이 사람을 어느 날 굴러들어 온 남자라고 할 수 있을까?

형광등 불빛이 깜빡깜빡한다.

"가게 문 열었을까?"

아담은 말하면서 외출 준비를 끝냈다. 아담의 화법으로 말하자면, 아담은 방금 유아를 고치기 위해 아빠를 확 열고 나갔다. 쿵쾅쿵쾅. 계단을 급하게 뛰어가는 발소리. 형광등을 사러 가는 사람이 아니라 필사적으로 도망치는 사람 같다. 깜빡깜빡거리는 유아. 엄마가 고장 난 후 유아가 위태위태해졌다고 생각하니 사물과 사물 사이에 인간적인 관계가 있는 것도 같았다. 하지만 나는 곧 비주류 사고를 하는 사람이 놀이하듯 펼쳐 놓은 상황에 일일이 반응하지 말자고 다짐했다.

아담이 밖으로 나간 후 비가 오기 시작했다. 만일 아담이 방에 있다면 나는 아담이라는 타인의 목소리, 아담이라는 타인의 발소리, 아담이라는 타인의 숨소리를 듣고 있었겠지만 아담이 없는 현재, 내 두 귀는 빗소리에 축축이 젖어 있다.

"비까지 내리고. 상황이 우울하지? 이별하기 좋은 밤이네."
새 형광등이 반짝하고 불을 밝힌 순간 아담의 머리카락이 촉촉하게 빛난다. 왜 나를 젖게 만들었지? 머리카락 한 올 한 올이 내게 묻는다. 정말, 왜 우산을 들고 너를 마중 나갈 생각을 못 한 걸까?
"형광등은 내일 갈아도 되는데. 밤중에 급하게 사러 갈 필요는 없었어. 계단 내려가는 소리가 굉장하던걸?"
"아, 그건 옆집 남자였어. 갑자기 문을 확 열고 나오더니 계단을 마구 뛰어 내려가더라고. 제정신이 아닌 것 같았어."
옆집 남자.
20대 중반으로 보이는 이 남자는 집에 들어오고 나가는 시간이 불규칙하다. 남자의 방에서는 텔레비전 소리도 음악 소리도 들리지 않는다. 소리가 없는 방에서 남자는 남는 시간에 자위를 하거나, 누군가에게 부치지 못할 편지를 쓰거나, 소리 없이 자신을 떠나간 수많은 사람들의 이름을 하나하나 부르다 다시 하나하나 지워 나가거나, 이도 저도 아니면 아무것도 하지 않고 눈만 깜빡이며 누워 있을지도 모른다. 그러다 갑자기 나온 남자와 눈이 마주치면 나는 무덤 속에서 걸어 나온 시체를 본 것처럼 그로테스크한 전율에 휩싸이기도 한다. 너무도 가까운 공간에 서로의 방이 있으니 우리는 우연히 계단이나 복도에서 마주칠 때가 있다. 아는 사람이 아니니까, 당연히 아는 체하지 않는다. 그 사람이 정확히 몇 살인지, 무엇을 하는 사람인지, 현재 애인이 있는지, 왜 혼자 사는지, 왜 그 방에서는 아무 소리도 들리지 않는지 나는 모른다. 만일 얼굴이 낯익다는 이유 하나만으로 아는 사이가 될 수 있다면 매일 비슷한 시간에 대중교통을 이용하는 사람들도 다 아는 사이일 것이다. 모르는 사람들 틈에서는 언제나 중심을 잡아야 한다. 비틀거리면 다른 사람의 발을 밟을 수도 있으며 그렇게 되면 "미안합니다."라고 모르는 사람들 가운데서 잘못을 저지른 사람이 되고 만다.

"왜 그 남자는 밤중에 미친 듯이 나온 걸까? 완전히 놀란 표정으로 뛰어나가더라고."

아담은 남의 방에 갑자기 찾아와서는 남의 방 형광등을 제 방 형광등 다루듯 한다. 만일 아담이 이 방에 산다면 어땠을까? 아담은 옆집 남자의 방에 불쑥 찾아가 "밥 먹었어요?"라고 물어보며 그 적막한 방에 소리를 불어넣어 주겠지. 과연 나라면 한밤중 커다란 가방을 들고 갑자기 누군가를 찾아갈 수 있을까?

"왜 하필 내 방에 왔어?"

아담은 게이니까 자식을 만들 일도 없겠지. 부모님의 노후는 조직 사회에서 충실히 살고 있는 쌍둥이 형에게 맡겨 놓고, 자기 밥벌이 정도만 한다. 왜 너 혼자 멋대로 살아가는 거야? 아담을 향한 묘한 적의가 타오르기 시작한다.

"하필이라니?"

아담의 두 눈동자가 수명이 다한 형광등처럼 보인다. 나는 흔들리는 눈빛에 대고 소리 없이 묻는다. 내가 당연히 문을 열어 줄 거라고 생각했지? 문 앞에서 외면당하고, 버림받고, 거절당해 본 경험 같은 거 너는 갖고 있지 않겠지.

"누구한테나 이런 식이라면 상대방이 상처 받을 거라고 생각해."

어쩌면 아담은 만남이나 이별을 대수롭지 않게 생각하는 사람일지도. 아무렇지 않게 다른 사람의 방에 들어와서 또 아무 일 아니라는 듯이 "이별하기 좋은 밤"이라고 하이 톤으로 말하는 타인. 순진무구한 저돌성으로 개인에게 돌진해 오는 또 다른 개인의 고유명사.

"내가 밖에 나갔다 온 사이에 우리한테 무슨 문제가 생긴 건가?"

사고방식이 이처럼 다른데, 우리라니. 게다가 마치 제삼자의 일을 얘기하듯이 한발 뒤로 물러난 화법을 구사한다. 현재 우리라는 이름으로 함께 있지만 언제든 문제가 발생하면 발을 빼겠다는 그런 의미를 품고 있는 화법이다.

"너와 나는 절대로 '우리'가 될 수 없어. 너는 커다란 가방을 갖고 불쑥 다른 사람 방에 찾아갈 수 있는 사람이야. 하지만 나라는 사람은 말이지. 짐을 싸는 도중에 거절당하는 것이 두려워 다시 가방을 구석에 처박아 두는 사람이라고. 너는 문을 두드릴 줄 아는 사람이지만 나는 문 앞에 가지도 못하는 사람이지. 너는 메이저 감성으로 가득 찬 사람이야!”

나는 외쳤다.

“잠깐, 메이저 감성이 뭔데?”

타인을 두려워하지 않고 겁내지 않는 마음. 타인의 공격에도 상처 받지 않는 마음. 그건 바로 자기 자신이 마음의 중앙에 있기에 가능한 일이 아닐까. 그렇다면 나는 마이너 감성을 가진 사람. 타인을 두려워하고 겁내며, 자기 세계 안에 갇혀 있는 사람. 그러나 ‘진정한 자기’가 없는 자기 세계. 그저 ‘자기 세계’라는 문패만 그럴듯하게 걸어 놓았을 뿐.

“마이너 감성은 우울이지. 네가 가진 메이저 감성은 그 반대 아니겠어? 자신을 믿고, 소망하고, 사랑하는 사람이지, 너는!”

“왜 네 기준에서 나를 보는 거야!”

이 아담은 내가 알지 못하는 아담이다. 늘 실실 웃기만 하는 아담이 갑자기 소리를 지르다니. 내가 알고 있는 아담이 어느 순간 내가 모르는 아담으로 바뀌었다.

“설탕 넣어?”

“아니. 블랙이 좋아. 너는?”

“난 설탕 두 스푼.”

아담과 나는 고장 난 엄마 앞에 나란히 앉아서 서로의 커피를 타 주고 있다. 한 사람이 충분히 할 수 있는 일을 둘이 할 때는 말 못 할 이유가 있는 법이다. 아담이 소리친 후 고요해진 틈을 빗소리가 차지해 버렸고, 우리는 누가 먼저랄 것도 없이, 몸으로 소리를 만들어야 한다고 판단했던 것 같다. 먼저 행동한 건 아담이었다. 아담은 찻주전자에 물을 받더니 가스레인지를 켰다. 물이 끓어오르는 새로운 소리가 방 안 가득 퍼지면서 빗소리는 우리의 귓속에서만큼은 약해지기 시작했고, 나는 자리에서 일어나 고장 난 엄마 앞에 커피 세트를 내려놓았다. 그후 우리는 아무 일도 일어나지 않은 것처럼 생활 연기를 펼치는 중이다. 생활 연기의 마지막은 고장 난 엄마 앞에 웅크려 앉아 아담이 타 준 커피를 마시는 장면이다. 따뜻한 커피가 식도를 타고 내려가면서 날이 선 감정을 자연스럽게 녹여 버린 것 같다. 아담과 나는 연기를 마치며 잠시 침묵하는 시간을 갖고 있다.

"아까 내가 감정 조절을 못했어. 미안해."

어쩐지 컵 따위를 심각할 정도로 오래 씻는다고 생각했다. 아담은 컵을 닦으면서 대사를 궁리한 모양이었다. 결혼은 안 하고 저 게이랑 같이 사는 건 어떨까 생각해 보았다. 하지만 그런 일은 이루어지지 않을 것이다. 아담은 어느 날 불쑥 찾아오는 사람답게 예고 없이 떠날 테니까. "이별하기 좋은 밤"이라는 아담의 말이 머릿속에서 빙 맴돌고 있다.

"막상 떠나려니까, 아쉬워서 그래?"

천둥 번개가 쳤다. 거센 빗줄기가 퍼부어 댔다. 아담이 싱

크대 앞에서 만들어 내던 소리가 멈추었다. 컵 두 개를 쓸데없이 오래 씻은 아담은 피로한 얼굴로 뚜벅뚜벅 걸어가더니 전기 스위치를 내렸다. 빗소리가 어둠 속에서 생명체의 몸부림처럼 활기를 띠기 시작했다. 하지만 진짜 생명체 아담이 침대 쪽으로 걸어오는 부드러운 소리는 그보다 더 활기 있다. 타인이 곁에 오는 소리. 타인의 손이 움직인 순간 내가 덮고 있는 이불이 잔물결처럼 움직이는 미세한 소리가, 그 타인이 옆에 눕는 소리가, 빛처럼 강렬할 수도 있다니. 눈부신 소리를 들은 후 나는 어둠 속에서 눈을 깜빡인다.

"아쉽다기보다는 뭐랄까, 내가 나 자신한테 진 느낌이었어. 우리가 거리에서 우연히 만나서 같이 밥을 먹었을 때 속으로 다짐했거든. 이 사람에게 어시스턴트 같은 사람이 되자고."

잠시 후 아담의 목소리가 부드럽게 흘러나왔다. 세상의 모든 소리들이 침묵해 버린 순간. 두근거리는 심장은 내버려 둔 채 나는 머릿속으로 가만 아담의 말을 정리해 본다. 아담의 말을 정리하자면 거리에서 마주친 사람이 '나'였기 때문에 아는 체했다는 거다. 그래서 같이 밥을 먹자고 했고, 속으로 이 사람에게 도움을 주자고 정해 버렸다는, 그런 이야기다. 자기를 다른 사람의 기준에서 보지 말아 달라는 사람이 타인에게는 멋대로 굴고 있다. 어시스턴트가 되기로 마음먹었으니 망정이지 만일 아담이 나를 없애 버리겠다고 다짐했다면 오늘 같은 밤, 살해당했을지도 모른다.

"왜 하필 내 어시스턴트가 되려고 했어?"

부디 삼류 드라마, 영화, 소설, 만화에 등장하는 그런 스토리가 아니기를 바라고 있다. 당신은 내가 과거에 알던 어떤 사람과 무척 닮았어요, 따위의.

"과거에 알던 사람이 떠올랐어. 너를 다시 본 순간."

역시, 그럼 그렇지. 그 사람에게 잘못한 뭔가를 심리적으로 만회해 보기 위해 나에게 정성을 다했다는 것인가? 나도 모르는 사이 누군가의 모조 인간이 되고 말았다.

"나는 나야."

누군가의 이미테이션이라는 것. 좋은 현상은 아니다.

"나도 나야."

나는 나다. 그리고 아담도 아담이다. 나는 나, 너는 너. 우리는 같은 주장을 하고 있다. 서로가 나의 기준에서 너를 보고 있기 때문이겠지. 하지만 나는 나, 너는 너 이런 구분을 떠나서 천둥 번개 치는 밤, 아담이라는 타인이 옆에 있어서 나쁘지 않다고 생각해 본다.

지구인의 빛

안락사한 사람처럼 편안히 잠에 빠진 아담. 이 밤이 지나면 아담은 떠난다. 어디로 가는지는 모른다. 어시스턴트 같은 사람이 되어 주겠다더니, 제멋대로다. 아담의 두 눈은 나는 그런 거 몰라요, 라고 말하듯이 눈꺼풀 셔터를 내렸다. 살짝 오른쪽 눈꺼풀을 걷어 봤더니 흰자가 드러난다. 만일 아담이 심장마비 같은 것으로 돌연사했다면 나는 감히 눈동자를 들춰 보지 못했겠지. 이 순간만큼은 이 남자에게 숨 쉬고 있어서 고맙다는 메시지를 전하고 싶다.

어른이 된 후로 기본적인 것에 의미를 두는 나 자신을 자주 발견한다. 부, 명예, 권력은 일부 사람들이나 알아서 나눠 가지라고 하고 나는 일상을 유지할 수 있는 돈과 무시받지 않을 만큼의 배경 정도만 갖고 있으면 좋겠는데, 라고 생각하다가 어이없어 웃어 버렸다. 많은 사람들이 같은 생각을 하고 있겠지. 그러니 교사나 공무원 같은 안정적인 직장을 가지려고 기를 쓰고 노력하는 것이겠지. 젊은 사람들이 기본 생존권을 위해 피 터지게 경쟁한다고 생각하니 엉터리 세상이라는 말이 절로 나온다. 나는 아담의 귀에 대고 "엉터리 세상."이라고 나지막이 속삭여 본다. 그사이 빗줄기는 약해졌고, 아담은 쿨쿨 잠들었는데, 나는 빛과 어둠의 경계에서 두 눈을 깜빡인다.

그사이, 라고 쉽게 말했지만 정말 독특한 일이 일어났다. 오늘밤이 아니면 절대 일어나지 않았을 일이라고, 나는 생각한다.

"여자하고 섹스한 적 있어."

서서히 잠에 빠져 들고 있었는데, 아담이 이 말을 한 순간 번쩍 눈이 떠졌다.

"유아란 사람하고?"

직감적으로 나온 말이었다.

"그건 아니지만 결정적 계기를 만들어 줬지."

아담은 그 누구에게도 공개하지 않은 자신의 경험을 얘기하기 시작했다. 처음에는 명랑한 아담이 등장한다. 이야기가 중반으로 넘어가면 명랑한 아담이 시니컬한 아담으로 바뀐다. 후반이 되자 시니컬한 아담이 우울한 아담으로 변한다. 아담의 개인적인 이야기는 낯설었다. 이야기 속 아담은 내가 알고 있는 아담보다 훨씬 젊었으며 또 훨씬 아름다웠다. 아담의 개인적인 이야기를 들으며 나는 완성되어 있지 않아서 더욱 아름다운 존재가 바로 인간이 아닐까, 생각했다. 그 시절의 아담은 스스로 빛을 내지 못하는 존재였다. 하지만 그렇기에 다른 존재의 빛을 받기 위해 고군분투할 수 있었다. 그런데 안타깝게도, 아담이나 그 여자나 스스로 빛을 내는 항성을 갈구했다. 두 사람은 서로에게 행성이면서 또 항성이기를 요구했던 것이다. 한 여자를 중심으로 빙글빙글 돌고자 했던 소행성 아담. 그리고 소행성 아담 주변을 빙글빙글 돌고 싶어 했던 소행성 유아. 그랬다. 그 여자의 이름이 바로 유아였다.

유(YOU)와 아(我)의 결합이라면 '너와 나'라는 뜻을 가진 이름이다. 하지만 나는 이름의 내력 같은 건 물어보지 않았다.

이야기의 흐름을 끊지 않으려고 노력한 것이다. 어둠 속에서 두 귀만 쫑긋 세운 채 아담의 이야기를 수신했다. 하지만 나는 아담이 들려준 이야기를 휘발성 기억으로 분류하기로 했다. 분명 내 귀가 수신한 것이지만 타인의 사적 사연이니 머릿속에 오래 넣어 두지 않기로 결정한 것이다. 이야기는 아담이 순수의 개념을 말하는 것으로 끝났다.

"나는 그 사람을 통해서 순수의 개념에 대해 다시 생각하게 됐어. 순수라는 개념에는 큰 함정이 있어. 우리가 순수하다고 생각하는 것들은 많이 왜곡되어 있는지도 몰라. 유치원생을 붙잡고 물어봐도 세상이 순수하다고 말하지는 않을 거야. 사람은 세상이라는 커다란 집합의 원소라고. 세상에서 살아가는 사람이라면 순수할 수가 없어."

"좀 웃긴다. 그럼 사회인 중에는 순수한 사람이 없다는 거네?"

"나는 방금 왜곡된 순수에 대해 말한 거야. 살인, 범죄, 자살 같은 단어는 비교적 뜻이 명확하잖아. 상황이란 것이 있으니까. 하지만 순수는 너무 불확실하단 거야. 저 사람은 살인자야, 이랬을 때는 뜻이 분명하지. 하지만 저 사람은 순수해, 이 경우는 모호해. 그건 순수의 기준이 없기 때문이지. 누군가의 눈에는 순수한 사람이 다른 사람의 눈에는 그렇지 않을 수도 있어. 순수하다는 건 사회가 판단하는 게 아니라 개인이 정하는 거지. 규칙 같은 게 없어. 오로지 감으로 판단하는 거라고. 그리고 결국 개인의 기준은 사회의 기준과 충돌할 수밖에 없어.

그 순간 위험하고 슬픈 사건이 발생할 수도 있지.”

“그럼 네 기준에서 순수는 뭔데?”

“순수는 무지와 구별될 필요가 있어. 살아가면서 이런저런 것들과 타협하게 되지만 그럼에도 불구하고 사람마다 반드시 지키고 싶은 게 있을 거야. 나는 그런 게 바로 그 사람의 순수 영역이라고 생각해. 순수는 한 사람을 대변할 수 있는 단어가 아니야.”

아담은 쓸데없이 흥분하고 있었다. 아담의 마음을 진정시켜 줄 필요를 느꼈다.

“언제 가니?”

아담은 떠난다. 어쩌면 내 직감이 이별을 눈치 채고 화내라고 명령한 것인지도 모른다. 하지만 이성은 그 명령이 합리적이지 않다고 판단하고 자체 분석 과정을 밟았다. 그 결과 아담에게 왜 하필 내 방에 왔냐느니, 메이저 감성으로 가득 찬 사람이라느니 하는 따위의 말을 전달한 것이다.

“아침이 오면.”

제 발로 왔다가 제 발로 나가는 사람. 어시스턴트가 되어 주겠다고 해 놓고 결국 자기 생활을 찾아간다. 나는 쿨하다라는 표현을 언제 써야 하는지 알 수 있었다. 비 오는 밤, 갑자기 이별 통보를 받아도 별일 아닌 것처럼 반응해야 할 때. 다시 말하면 전혀 쿨하지 않은 상황에서 쿨하다라는 표현이 나올 수 있는 것이다. 쿨하게 반응하기 위해 나는 화제를 전환했다.

"그런데 모조 아담이란 거 정확히 무슨 의미야? 아담의 이미테이션?"

아담은 이야기를 들려줄 때 두 번이나 "모조 아담이 된 기분이었어."라는 표현을 썼다. 세 번째에는 "나는 우울한 모조 아담이었어."라고 당시 기분을 직접적으로 표현했다.

"내 성 정체성을 인정했을 때 거울을 보며 생각했어. 너는 모조 아담이야. 가짜 아담이라고! 기분이 최악일 때는 아담의 실패작이라고 생각하기도 했지. 어렸으니까 그런 식으로 도피하려고 했는지도 몰라. 모조 아담은 신에게서 버림받은 최초의 인간이야."

"왜 버림받았는데?"

"뭐, 신의 마음에 들지 않아서겠지. 모조 아담도 에덴동산을 다스릴 마음이 없었을 테고. 모조 아담은 자기 자신하고만 대화를 했던 거야."

"정말 반응이 없네?"

나는 발기하지 않은 아담의 페니스를 보며 말했다. 생각해 보면 아이러니한 상황이었다. 아담은 "나도 나야."라고 분명히 자신의 정체성을 밝혔다. 번쩍 번개가 친 후 밤을 가르는 듯한 천둥소리가 들려왔기 때문일까? 나는 등 뒤에 있는 인간이 게이라는 사실을 잊기라도 한 것처럼 그 품에 안겼다. 아담이 옆에 있어 다행이라고 생각하며 키스했다. 나의 세포가 교신을 보낸다. 나, 여기 있어. 그러자 아담의 몸에서 이런 반응이 온다. 나도 여기 있어. 서로의 세포가 동시에 대답한다. 만날까? 아담과 나는 의사소통하듯이 서로의 몸을 매만졌다. 어느 순간 우리는 쫓겨나기 전의 아담과 이브처럼 알몸이 되었지만 부끄럽지 않았다. 옷이란 단지 피부 보호를 위해 착용하는 섬유에 불과하다는 생각이 들었다. 나를 무방비 상태로 보여 주어도 상관없는 존재가 눈앞에 있는데, 굳이 옷을 입고 있을 이유가 없었다.

"페팅(petting)해 줄까?"

아담은 몸 주인의 허락 같은 건 형식일 뿐이라고 생각했는지 내 가슴을 순수하게 애무하며 말했다. 게이가 여자의 몸을 페팅하고 있으니, 정말 '순수하게'라는 표현을 쓰지 않을 수 없다. 아담의 혀는 오로지 페팅하는 것에만 목적이 있다. 아, 그런데 지금 아담이 보고 있는 것은?

바로 쿠르베의 그림 「세상의 근원」이 아닌가! 몸 위에서 페팅에 열중하는 것은 게이니까, 절대 흥분하면 안 된다고 뇌가 명령을 내려 봤댔자 쿠르베가 세상의 근원이라고 이름 지은 나의 그곳은 촉촉이 젖어 있었다. 아담의 혀가 조만간 와 닿을 것을 상상하니 꿈에서 현실로 넘어온 것처럼 정신이 번쩍 들었다. 게이는 세상의 근원을 감상할 수 있어도 페팅할 권리는 없다는 편협한 생각이 들었다.

"거기는 하지 마. 넌 게이잖아. 게이는 세상의 근원을 페팅할 권리가 없어."

"왜 나는 권리가 없다는 거야? 나도 이곳으로 나왔다고. 설마, 게이는 항문으로 태어난다고 생각하는 건 아니겠지?"

아무리 어둠 속이라지만 아담이 손가락으로 내 질을 가리키며 이곳 어쩌고 하니까 실험용 쥐가 된 기분이 들었다. 상황을 끝내기 위해 "졸려."라고 말했다. 그러자 세상의 근원을 페팅해 보겠다던 게이는 순순히 내 몸에서 내려왔다. 온몸이 나른했다. 나는 아담이 여자하고 섹스한 적 있다고 고백하기 전까지 어둠 속에서 두 눈을 감고 있었다.

생각해 보자. 게이와 여자 사이에 페팅 사건이 일어났다는 것은? 두 사람이 육체적으로 갈 데까지 갔다는 것을 의미한다. 무리한다면 섹스도 가능하리라. 하지만 나는 게이를 정신적으로 혹사해 가며 섹스하고 싶은 생각은 없다. 이 세상에 널려 있는 게 이성애자인걸. 그러고 보니 옷을 벗고 페팅을 시작해서 끝내기까지 걸린 시간은 15분. 보통 남자였다면 세상의 근원을 비집고 들어가 곧바로 씨를 뿌릴 수도 있었을 시간. 천둥 번개가 치는 가운데 즉흥적으로 생명 하나가 만들어질 수도 있었다고 생각하니, 끔찍하다.

아담의 왼쪽 눈꺼풀을 살짝 열어 봤다가 깜짝 놀랐다. 오른쪽 눈꺼풀까지 활짝 열리면서 아담의 눈 속에서 검은 눈동자가 반짝 빛났다.

"또 페팅받고 싶어?"

아담은 분명 말을 하며 동시에 눈을 떴다. 하지만 나는 아담의 눈동자에서 나오는 빛을 먼저 감지했다. 그 후 아담의 목소리가 들려왔다. 아, 비로소 나는 빛이 소리보다 빠르다는 사실을 이해했다.

"지구에서는 빛이 소리보다 빨라."

"그러니까 번개가 먼저 나오고, 그다음에 천둥이 쾅 치는 거겠지. 빛의 속도는 엄청 빨라. 1초에 30만 킬로미터를 가니까……. 자다 깨서 이렇게 건전한 대화를 하다니. 근데 왜 천둥 번개라고 할까? 번개가 먼저면 당연히 번개 천둥 아니야?"

아담은 엄마에게 장난을 거는 어린애처럼 말했다. 그리고 스르르 눈꺼풀을 내렸다. 내 방에는 다시 어둠이 가득하다. 아담은 이제 어느 세계에서 그 무엇을 중심축 삼아 빙글빙글 살아갈까? 나는 아담이 어디로 가는지 모른다. 아담의 가방 안에 무엇이 들어 있는지도 알 수 없다. 하지만 이 게이가 내 방에 온 이유는 대충 알고 있다. 과연 제대로 된 어시스턴트였는지는 모르겠지만 새 형광등을 달아 주었으니 뭐라도 한 셈이다. 아! 머릿속에서 빛처럼 번쩍하고 미래가 보인 것 같았다.

살아만 있다면 우리는 몇 년을 주기로 다시 만날 것이다. 그 주기를 만드는 것은 아담일 수도 나일 수도 있다. 아담이 내 방으로 오는 데 몇 년이 걸린다면 내가 아담이 있는 곳으로 찾아가면 그만이다. 보이지 않는 곳에 있다고 해서 존재 자체가 소

멸하는 건 아닌데, 왜 나는 아담이라는 소우주가 사라지는 것
처럼 생각했을까? 아담이 "이별하기 좋은 밤"이라고 쿨하게 말
한 이유를 이제는 이해할 수 있을 것 같다. 아담과 나 사이에 진
짜 이별은 두 가지 경우만 가능하다. 아담이 기억상실증에 걸려
나를 잊어버리거나, 어느 한쪽이 요절하거나. 내일 같은 미래에
나는 아담에게 전화를 걸어 속삭일 것이다. 페팅하러 가도 돼?

열대야

열대야

1

엄마는 슈퍼맨처럼 밤하늘을 잘 날고 있을까.

바람은 없다.
한여름 밤 고수부지에서는 불꽃놀이가 한창이다. 불꽃들이 미사일처럼 발사되었다. 굉음과 함께 형형색색이 밤하늘에 펼쳐진다.
우연히 배경으로 찍힌 사진에 나는 어떤 표정을 하고 있을까? 방금 소녀는 우리 집 베란다 쪽으로 몸을 틀어서 밤하늘을 찍었다. 우리 집 베란다와 소녀의 베란다는 같은 층에서 기역 자를 이루는 위치에 있다. 간격이 있지만 고개를 돌리지 않아도 난간에 바싹 붙어 선 소녀가 보인다. 마지막 불꽃의 꼬리가 어둠 속으로 빨려 들어간다. 소녀는 사진 찍기를 그만두고 내 손만 한 거북이를 자기 손바닥에 올려놓고 있다. 에어컨 실외기들이 이쪽으로 열을 방출해 대는 것 같아서 얼굴이 화끈거린다. 나는 물 없는 수조에 갇힌 물고기처럼 숨을 헐떡인다. 이런 여름밤에는 불꽃놀이 말고 숨통이 트일 만한 이벤트나 펼쳐지면 좋겠는데.

오늘 밤 또 어떤 여자가 죽을까?

열대야가 시작된 후 이 일대에서 여자 네 명이 살해당했다. 타인의 죽음이야 사용하지 않는 번호 하나 휴대폰에서 삭제된 것과 다를 바 없다. 하지만 죽이고 싶었던 사람이 죽어 버린 그날은 누구에게나 특별한 하루로 기억되겠지. 지난 토요일 밤이 바로 내 생애 특별한 하루였다. 그날도 저 하늘에서는 불꽃놀이가 펼쳐졌다. 소녀가 불꽃놀이를 찍고 있었을지도 모르는 그 시각, 나는 꿈속에 갇힌 것처럼 무표정한 얼굴을 하고 있었다. 창백한 얼굴, 천장을 향한 초점 없는 눈동자, 파란 입술, 자궁을 겨냥한 듯 아랫배에 박힌 칼. 나는 휘청거리며 한 발짝, 두 발짝 붉은 핏줄기를 따라 걸었다. 시체에서 칼을 빼낸 순간 균형을 잃고 넘어질 뻔했다.

마침내 우리 엄마가 이 콘크리트 건물을 탈출했어. 뭐, 스스로 탈출한 건 아니지만.

참 잘된 일이야. 소녀의 베란다를 향해 담배 연기를 날렸지만 목적지에 닿지 못하고 허무하게 녹아 버린다. 아파트 단지의 불빛들이 규칙적으로 빛나고 있다. 강 너머 단지를 향해 연기를 내뿜었다. 이번에는 연기가 눈앞에서 타들어 간다. 멀리 아파트에 박혀 있는 불빛들이 침묵의 신호처럼 보이는 여름밤이다. 그런데 침묵의 신호, 라고 생각한 순간 토요일 밤의 아버지가 떠오르는 건 왜일까.

땀에 흥건히 젖은 아버지의 목덜미.

지난 토요일 밤, 우리는 공범처럼 어두운 주차장에 앉아 있었지만 서로 한마디도 하지 않았다. 차 안에는 끈적끈적한 침묵만 흘렀을 뿐.

"경찰에 신고하면,"

아버지가 마침내 입을 열었을 때 내 등에서 땀 한 방울이 흘러내렸다.

"진술을 해야 할 거다. 형식적인 거니까 이 말만 해. 학원에서 돌아와 보니 엄마가 죽어 있었다고. 이 근처에서 여자 두 명이 칼에 찔려 죽었다. 엄마는 그놈에게 세 번째로 당한 거야. 쓸데없는 말은 하지 마. 수사에 방해만 되니까."

"동일범이란 증거가……."

"두 명 죽인 놈은 세 명도 죽일 수 있는 거야."

그럼 한 명 죽인 놈은 두 명도 죽일 수 있느냐고 질문하려다가 나는 침묵했다. 변명 같지만 장기들이 태양에 달궈진 아스팔트처럼 뜨거웠기 때문이다. 그런데 윈도에 비친 나는 차가운 표정을 짓고 있었다.

'형사가 진실의 은폐 공식을 머릿속으로 짜고 있어.'

윈도 속의 나는 눈빛으로 말했다. 칼에 찔린 아내의 시체를 보고도 눈물 한 방울 흘리지 않는 남자. 나는 강력계 형사의 콘크리트 같은 등을 바라보았다. 어쩌면 신이 저 사람만은 콘크리트로 만들었을지도 모른다고 생각하면서.

안녕…… 안녕.

방금 내뱉은 담배 연기는 안부를 묻는 손 인사처럼 보인다. 이번에도 연기는 바람 한 점 없는 허공에서 녹고 만다.

저 뜨거운 콘크리트 바닥을 향해 뻗어 있는 검은 머리카락들. 소녀는 베란다 난간에 배를 댄 채 빨래처럼 걸려 있다. 소녀의 베란다를 향해 담배꽁초를 튕겼다. 꽁초는 허공에서 불티를 날리더니 포물선을 그으며 추락했다.

만일 저 베란다와 우리 집 베란다가 이 정도로 가깝지 않았다면 군이 경비실에 인터폰을 넣지 않았을 텐데. 시체가 내 주변에 쓰레기처럼 널려 있는 꼴은 한 번이면 족하다. 위치를 알려 준 후 사람이 12층 베란다 난간에 매달려 있다고 말했다. 그런데 경비원은 내 말을 다 듣더니 귀머거리처럼 대꾸했다.

"뭐라고요?"

"12층 베란다에서 사람이 뛰어내리려고 한다니까!"

반말로 외쳤더니 그제야 경비원이 다시 위치를 물었다. 나는 소녀의 베란다를 알려 주자마자 인터폰을 내려놓았다. 같은 언어를 사용하는 사람들끼리 한 번에 의사소통이 이루어지지 않는다는 건 우울한 일이다.

2

"위험해, 안으로 들어가!"

방으로 들어온 순간 밖에서 경비원의 목소리가 들려왔다. 더운 공기가 방 안을 가득 메우고 있다. 숨통을 틀어막는 답답함. 침대에 바로 몸을 던졌다. 컴퓨터 책상 위를 바라보았다가 다시 벽을 향해 누웠다.

수면제 따위를 피하다니.

내가 묻고,

벽을 보고 누운 건 알약이 유혹하기 때문이야. 피한 게 아니라 무시한 거지.

내가 대답한다.

저 병에 든 것은 수면제만이 아니다. 아버지가 출근한 후 나는 두통약을 찾기 위해 안방에 들어갔다가 저걸 발견했다. 병은 화장대 서랍 안쪽 깊숙이 히든카드처럼 놓여 있었다. 손바닥에 털어놓고 보니 알약의 종류는 두 가지였다. 하나는 보통 두통약처럼 보였고, 다른 하나에는 알파벳 P가 적혀 있었다. 얼핏 봐서는 비슷해서 전부 두통약이라고 착각할 뻔했다. 아파트 상가 약국에 가서 알약의 정체를 물었을 때, 약사는 나를 이상한 눈빛으로 쳐다봤다. 바람도 통하지 않는 취조실에서 나를 심문한 경찰의 눈빛과 비슷했다.

"이거는 수면제고,"

약사는 말을 끊고 잠시 내 얼굴을 훑었다.

"이건 프로작이라고 독일산 신경안정제인데."

—낄낄.

바로 몸을 일으켰다. 시계 초침 소리에 귀를 기울였다. 째깍째깍……. 좀 전에 적막을 뚫고 내 귀에 들어온 소리는 분명 "낄낄"이었다. 시계 소리가 규칙적으로 들려오다가 돌연 비웃음이 내 귓구멍으로 돌진해 왔다. 다시 청각을 곤두세웠다. 그러나 벽시계는 다시 째깍째깍 소리를 내고 있다. 시선 둘 곳을 찾지 못하다가 벽지를 바라보았는데, 이번에는 벽지 무늬가 일그러지면서 살인자의 미소처럼 보였다. 오늘 밤, 혼자 있네?

아버지는 출근을 하면서 분명히 늦게라도 들어오겠다고 했다. 그런데 벌써 새벽 1시 30분이다.

이루어지지 않은 것들은 없는 거나 마찬가지다.

3

자전거는 뜨거운 밤을 달린다. 어둠 속에서 빛나는 플라타너스 잎사귀. 저쪽에 전화박스 한 대 멸종 직전의 동물처럼 서 있다. 플라타너스 터널을 지나갈 때쯤 아버지의 귀가 같은 건 머릿속에서 지워져 있었다. 자전거를 세워 두고, 전화박스 안으로 들어온 것은 결코 아버지의 늦은 귀가를 걱정해서가 아니다. 전화박스를 보자마자 '아버지'라는 단어가 대책 없이 떠올랐기 때문이다. 연결음은 음성 사서함으로 넘어간다. 기계에 대고 뭐라고 말할 바에는 타인에게 시비라도 거는 게 훨씬 인간적인 커뮤니케이션이다.

전화박스 옆에 있는 플라타너스는 수상했다. 몸통이나 가지 할 것 없이 앙상하기만 하다.

너 때문에 아버지가 안 오는 거야.

여름인데도 잎 한 장 없는 수상한 플라타너스 나무에게 나는 누명을 씌워 버렸다.

—사랑해.

앙상한 플라타너스 근처에서 목소리가 들려왔다. 우주에서 메시지를 전송받은 것처럼 나는 멍한 표정으로 서 있었다. 이마에서 땀이 흘러 눈을 깜빡거렸더니 헤드라이트를 켜고 도로를 질주하는 자동차들이 보였다. 다시 눈을 깜빡거리자 술 취한 남자 두 명이 지나가고 있었다. 새벽 2시가 조금 넘은 시각이다. 비로소 나는 신호음만 멍청하게 흘러나오는 수화기를 내려놓고, 밖으로 나왔다. 유령 같은 여름 바람이 머리 위를 스치고 지나갔다. 다시 자전거 페달을 밟았다.

처음 와 본 공원이지만 낯설지 않았다. 자전거를 공원 입구에 세워 두고 폴리스 라인 안으로 들어왔다. 지나가는 사람 하나 보이지 않는 이 작은 공원은 한여름 밤 살인 사건이 일어나기에 좋은 장소다. 사람이 있어도 마찬가지였을 것이다. 이 순간 열대야 때문에 잠 못 이루는 사람들이 어제라고 해서 편히 잠들지는 않았을 테고, 그렇다면 저 주택가에서 누군가는 분명 비명 소리를 들었겠지. 어쩌면 여고생은 불이 켜진 자기 집 창문을 바라보며 죽어 갔을지도 모른다. 인터넷으로 본 신문 기사에는 여고생이 집 앞 공원에서 칼에 찔린 시체로 발견되었다고 나와 있었다. 시소 앞에 웅크려 앉아 조그만 모래성 두 개를 쌓았다. 그리고 한 모금씩 빨아들인 담배 두 개비를 모래성에 각각 꽂아 놓았다. 엄마의 영혼과 여고생의 영혼에게 나만의 방법으로 조의를 표한 것이다.

벤치에 앉아 담배에 불을 붙이자, 매미들이 앵앵거리기 시작한다. 폴리스 라인을 무시하고 들어왔으니 경보음을 퍼부어 대는 것인지도 모른다. 만일 이 근처에서 잠복근무 중인 형사가 있다면 수상한 놈이 모자를 눌러쓰고 살인 현장에 들어왔다고 생각하겠지. 나는 만화 주제가나 부르고 있을 뿐인데.

1억 년 전 옛날이 너무나 그리워.

"둘리는 왜 1억 년 전을 그리워해?"

"엄마를 그리워하는 거야. 지금은 서로 다른 시간 속에 있어서 만날 수 없거든……. 엄마하고 같이 있고 싶지?"

두 개의 동공, 2인분의 죽음. 엄마의 동공이 죽음을 품고 있는 알처럼 보이는 순간 나는 숨을 쉬지 못한다. 엄마의 두 손이 내 목을 조른다. 눈을 감고 발버둥치지만 소용없다. 죽었다고 생각한 순간 공기가 서서히 내 콧속으로 들어온다. 나는 구역질을 해 대며 죽을 힘을 다해 현관문으로 기어가지만 문이 열리지 않는다. 몇 살 때 꾼 꿈인지 모르겠다. 엄마가 이 사실을 알고 죽었는지 모르겠지만 나는 「아기 공룡 둘리」 주제가를 가사 하나 안 틀리고 부를 수 있다. 고향은 다르지만 모두 다 한마음, 아득한 엄마 나라 우리 함께 떠나자. 내 경험으로 보면 「아기 공룡 둘리」 주제가는 집단 자살을 부추기는 노래다.

꽁초를 버리고 새 담배에 불을 붙였다. 나는 골초지만 혼자 있을 때만 줄담배를 피우기 때문에 그 누구에게도 피해를 주지 않는다. 사람에게 집착하는 것보다 건전하다. 엄마가 아버지의 빨랫감을 구석구석 살피고, 술 취한 아버지에게 화를 낼 때만 해도 나는 엄마 말을 잘 들었다. 귀찮은 심부름이었지만 한밤중에 경찰서에도 다녀왔다. 나는 아버지가 야근을 하고 있었다고 본 것을 그대로 말했다. 엄마는 내 말을 믿지 않았다.

"그 인간이 얼마나 치밀한데. 엄마가 말했잖아. 적어도 30분은 경찰서 밖에서 지켜보라고."

그때 깨달았다. 엄마의 말에 따르면 아버지는 외도를 하고 있는데, 나는 아버지의 여자를 본 적이 없다는 사실을. 내 키가 자랄수록 엄마는 아버지를 향한 미친 열정으로 죽지 못해 사는 사람처럼 보였다. 아이였을 때는 엄마를 구원해 주는 방법을 알지 못했다. 하지만 이제 나는 더 이상 아이가 아니다. 올해 어버이날, 살해야말로 부모님의 은혜에 보답하는 길이 아닐까 생각했다. 엄마가 나를 세상의 입구로 내보냈듯 나 역시 내 의지대로 엄마를 세상의 출구로 보내 줄 수 있는 것이다. 출산과 살인은 부모와 자식 사이에만 동등할 수 있는 거래니까.

이혼하면 아버지는 그 여자와 재혼할 것이라며, 엄마는 올해 들어 자주 내 방에 들어와 그런 추측성 발언을 주절주절 늘어놓기 시작했다. 나는 베란다로 나와 담배하고 소통했다. 필터를 지그시 입에 물 때마다 담배가 내 영혼의 일정량을 흡수해서 연기와 함께 공중으로 날려 보냈으면 했다. 그러다 영혼이 담배 한 개비 용량만 남게 되면 금연하고 싶었다. 마지막 한 개비는 신중하게 피워야 할 테니까.

소녀가 정확히 몇 월 며칠부터 그곳에 있었는지는 모른다. 누가 한 시간 동안 나를 바라본다면 내 감각은 59분이 돼서야 타인의 주파수에 반응하니까. 내가 소녀를 우연히 보게 된 것은 여름이 시작되면서부터다. 처음 본 날도 소녀는 베란다 난간에 몸을 붙이고 서 있었다.

몽상 소녀. 소녀는 베란다로 나올 때 반드시 휴대폰의 전원을 끈다. 누군가 신호를 보내면 몽상이 박살 나기 때문에. 내 영혼이 담배에 흡수되어 공중의 먼지가 되는 것보다 유익한 상상이었다. 한여름으로 접어들자 소녀는 이중창을 열어 놓고 멀리 아파트 진입로 쪽을 바라보았다. 난간을 붙잡고 12층 아래로 침을 뱉을 때도 있었다.

자궁에 있을 때는 누구나 자폐적인 놀이의 달인이었겠지.

내가 소녀를 바라보며 이런 생각을 하게 된 무렵, 학원에서 돌아와 보면 현관문이 살짝 열려 있었다. 비밀 번호를 누를 필요가 없었다. 장마가 쏟아질 때도 우리 집 현관문은 빗줄기의 출입까지 허용한다는 듯 열려 있었다. 그렇게 들어와 베란다에서 담배를 피우고 나면 엄마가 잠깐 방에서 나왔다. 그리고 냉장고에서 캔 맥주를 꺼내 다시 들어갔다. 그런데 더운 공기가 아파트를 에워싼 밤, 엄마는 웬일인지 내 방으로 들어왔다.

"네 아버지는 믿을 사람이 못 돼. 경찰서 근처로 이사 왔는데도 집에 들어오지 않잖니? 너도 너 자신만 믿어. 그게 가장 안전한 방법이야."

살인 사건이 일어났다고 말하고 싶었지만 나는 침묵했다. 기사를 보여 줘도 엄마는 아버지가 사건을 핑계 삼아 집에 들어오지 않는 거라고 말해 버릴 테니까.

“덥구나. 밖에 나가지 않을래?”

“엄마도 발이 있잖아. 이건 내 발을 빌려야 하는 그런 문제
가 아니잖아.”

“도대체 왜 살아 있는지 모르겠다. 넌 내가 죽어도 눈물 한
방울 안 흘리겠지?”

엄마는 자신의 운명을 예언했던 셈이다. 이튿날, 배에 칼이
박힌 채 침대에 누워 있었으니까. 왜 내가 칼을 빼냈을까? 근
육이 칼을 바짝 죄고 있어서 젖 먹던 힘까지 동원해야만 했다.
아버지가 들어와서 내 모습을 바라볼 때도 나는 꿈속에 빠진
사람처럼 몽롱했다. 아버지의 시선은 칼을 향해 있었다.

비릿한 피 냄새와 땀내가 섞인 악취. 그보다 더 참을 수 없
었던 건 침묵이었다. 나는, 아버지에게 무슨 말인가를 하려고
했을지도 모른다. 그러나 나의 언어들은 성대 근처에서 불꽃
처럼 부서지고 대신 구토가 치밀어 올랐다. 아버지는 말없이
다가와서 내 손에서 칼을 빼 갔다. 현관문이 닫힌 순간 멀지도
가깝지도 않은 곳에서 불꽃놀이의 굉음이 들려왔다. 침묵하는
엄마 앞에서 나는 구역질을 해 댔다. 불꽃은 연속해서 터지고
있었다. 베란다 창이 불꽃으로 번쩍 빛났을 때도 나는 구역질
을 했다. 현관문이 다시 열린 바로 그 순간에야 가까스로 구역
질을 멈췄다.

아버지의 손에 칼이 없었다.

“따라와.”

아버지는 눈 하나 깜짝하지 않고, 아니 눈도 마주치지 않고 말했다. 나는 주차장으로 가는 동안 아버지의 뒷모습에서 눈을 떼지 않았다. 왜 아버지는 하필 그 시각에 돌아왔을까. 비로소 꿈에서 빠져나온 느낌이었다.

엄마의 사망 추정 시각에 나는 노량진 재수 학원에 있었다. 하지만 내 알리바이를 증명해 줄 사람은 없었다. 나는 모르는 사람들 속에 있었으니까.

아버지는 두 번째 목격자로서 어떤 증언을 했을까.

경찰은 내 앞에서 알 수 없는 일이라고 중얼거렸다.

"칼이 들어간 각도만 보면 타살인데, 반항 흔적이 없단 말이야."

경찰의 혼잣말이 귀에 들어온 순간 나는 마른침을 삼켰다. 만일 아버지가 살인범이라면? 아버지는 엄마가 살아생전 미친 열정을 쏟아 부었던 대상이다. 반항은커녕 엄마는 웃으면서 세상의 출구로 퇴장했을 것이다. 만일 엄마가 살해당한 줄 알았다면 그날 밤 나는 집에 들어가지 않았을 텐데. 범행 도구도 씻어 주지 않았겠지. 아, 아버지는 내 행동을 미리 예상하고 밖에서 대기하고 있었던 게 아닐까. 침묵이야말로 진실을 은폐하기에 적절한 언어다. 하지만 나는 이 시나리오를 담당 경찰에게 발설하지 않았다. 물증이 없는 진실은 외면받을 가능성이 크기 때문에.

"너를 의심하는 게 아니다. 혹시 칼이 없었니?"

순간 재수생 하나쯤 살인자로 만들어 버릴 수 있는 게 공권력일지도 모른다는 생각이 들었다. 무릎이 떨렸다. 아버지는 주차장에서 칼의 행방에 대해선 한마디도 하지 말라고 명령했다. 아버지의 명령을 따른 것은 아니었다. 다만 경찰 앞에 앉은 순간 머릿속에 열대의 밤이 펼쳐지는 것만 같았다. 내가 할 수 있는 일이란, 질식 직전의 상태에서 살아 있다는 증거로 두 눈을 깜빡이는 것뿐이었다.

"대충 끝내라고. 우리 애는 충격으로 제정신이 아니니까."

아버지가 취조실 문을 열었다. 온갖 색깔의 불안이 아버지의 얼굴에 마블링처럼 뒤섞여 있었다.

"그래, 오늘은 여기까지 하자. 정신병자들이 설치고 다니는지 여름밤에는 살인 사건이 많이 일어난다. 너도 밤에 함부로 돌아다니지 말고."

토요일 밤 몽유병자처럼 아파트 단지를 빙빙 맴돌기만 했더라도 엄마는 살해당하지 않았을 텐데. 그러나 나는 고개만 까닥해 보이고 취조실을 나왔다. 복도를 따라 걷다가 몇 번째인지 알 수 없는 유리창 앞에 섰다. 아버지가 경찰차 앞에서 줄담배를 피우고 있었다. 아버지의 뒷모습이 투명한 열기에 휩싸인 듯 보였다. 창을 열자 뜨거운 공기가 내 얼굴에 감겼다. 나는 아버지의 뒷모습을 향해 오른팔을 쭉 내밀었다. 여름 햇살이 수갑처럼 손목에 따갑게 내리꽂혔다. 순간 죽고 싶다는 생각이 들었다. 아니, 꼭 죽고 싶다기보다는 햇살이 동맥을 끊어 버려도 상관없다는 생각이 든 거였다.

—돌아가! 네 아버지는 믿을 사람이 못 돼.

매미 울음이 끈적끈적한 공기와 함께 귓가에 달라붙었다. 죽은 사람의 메시지가 매미 울음에 뒤섞여 온 듯했다. 그렇다고 하더라도 나는 침묵할 수밖에 없다. 저 어둠 속에 아버지가 침묵처럼 숨어 있을 거라고는 기대하지 않지만 현재 내 행동은 오해받을 여지가 충분하다. 유령이 보기에도 그럴 것이다.

"엄마, 못 울어 주는 거야. 노력했는데도 눈물이 안 나와."

나는 피우던 담배를 모래사장 쪽으로 튕겨 버렸다.

어둠을 헤치며 올라가는 모양은 다르지만 거의 타들어 간 상태에서 비스듬하게 꽂힌 것이 어떻게든 향 역할을 해 보려는 담배의 몸부림처럼 보인다.

1억 년 전 옛날을 그리워하는 건 어떤 느낌일까?

집으로 돌아가려고 했다. 그런데 정체를 알 수 없는 생명체가 폴리스 라인을 통과해서 기어오고 있었다. 볼수록 그 생김새나 움직임이 거북이와 비슷했다. 나는 팔을 쭉 뻗어 라이터를 켰다. 라이터 불빛 너머로 손바닥만 한 거북이 한 마리가 느릿느릿 기어오는 중이다.

꿈과 현실의 경계에 나와 거북이만 존재하는 느낌.

그 토요일 밤 내 정신 상태를 이제는 진술할 수 있다. 현실이 꿈으로 변한 환상적인 밤, 엄마는 배에 칼을 꽂고 있었다. 칼만 빼내면 꿈이 현실로 바뀌면서 엄마가 우울한 얼굴을 회복하고 피 묻은 침대 시트를 세탁기에 넣을 것만 같았다. 그래서 나는 휘청거리면서도 필사적으로 엄마의 시체 곁으로 갔다. 나를 심문한 경찰은 내 이런 마음을 절대로 이해하지 못할 것이다. 섣불리 솔직한 심정을 말했다간 최악의 경우 정신병자 취급을 받을지도 모른다. 정신병자로 오해받느니 차라리 살인자가 되어 감옥에서 썩는 게 낫다. 집과 재수 학원만 오가나 몇 년을 감옥에서 생활하나 갇혀 있는 건 마찬가지니까.

나를 증명해 줄 사람 하나 없는 한여름 밤의 공원.

눈앞에는 거북이만 있다. 나는 파충류와 대화를 시도해 보기로 했다.

"거북 씨, 나한테 오는 길이야?"

─바다로 가는 중.

"길을 잘못 들었어. 이곳은 살인 현장이야."

─그래도 간다. 희망을 버리는 쓰레기통은 길 끝에 있는 법이다.

거북이가 운동화 근처에 오자 나는 대화를 중단했다. 등딱지를 떼어 버리고 싶은 충동이 일었다. 거북이도 알아야지. 희망이 절망으로 변해 생살을 찢는 고통이 될 수 있다는 걸. 내가 팔을 뻗은 순간 크지도 작지도 않은 손이 거북이를 들어 올렸다.

몽상 소녀.

소녀는 거북이를 안고 무표정한 얼굴로 나를 바라본다. 아니, 내 얼굴 너머를 보는 투명한 눈빛. 초점이 없다. 현재 공원에는 우리 둘뿐. 여자 한 명과 남자 한 명. 운동화와 운동화 사이의 간격은 12센티미터 안팎. 고정관념의 틀에 끼워 맞췄을 때 강간이나 살인을 당하는 쪽은 소녀가 된다. 하지만 나는 손가락 하나 대지 않을 것이다. 아직 살인과 출산의 차이점을 알아내지 못했기 때문에 타인을 상대로 범죄행위는 저지르기 싫다. 하지만 소녀가 이런 공원에 계속 혼자 있다간 정신이나 육체에 치명적인 손상을 입을지도 모른다.

"여긴 살인 현장이야."

"……."

"집에 돌아가. 널 죽여도 난 눈물 한 방울 안 흘려."

이 말을 내뱉은 것은 실수였다.

또 꿈속에 갇혀 버린 기분. 여름밤 무더위는 사람을 몽롱하게 만들어 놓는다. 내가 소녀에게 말을 걸고 있는 것만 봐도 알 수 있다. 나 같은 타인에게 소녀의 사생활을 간섭할 권리는 없는데. 티셔츠가 완전히 땀에 젖은 후에야 겨우 정신을 차릴 수 있었다. 나는 소녀를 지나쳐 폴리스 라인을 통과했다. 손목시계의 초침 소리가 시한폭탄 소리처럼 들렸다. 자전거에 올라타서 시계를 보니 새벽 2시 30분이다. 페달을 밟았다.

아, 살인범이 다음 표적을 나로 정하고 뒤쫓아 오는 건 아닐까. 더운 공기가 목덜미에 달라붙을 때마다 무서워 죽을 지경이다. 내 과대망상은 공포가 근원이었다. 몸에 맺혀 있는 건 땀방울이 아니다. 공포다. 뜨겁고도 싱싱한 공포가 새싹처럼 온몸에 돋아나는 중이다. 공원을 빠져나온 후부터 나는 갑자기 공포의 전율에 휩싸였다. 나쁜 일인지 좋은 일인지 판단을 내릴 수 없다. 동족이 나한테 아무 짓도 하지 않았는데 이런 감정이 느껴지다니. 어떻게 된 거지? 콘크리트 감수성에 균열이 간 듯하다. 공포는 좋은 감정이 아니다. 나는 공포를 몸에서 떼어 낼 작정으로 페달을 더 세게 밟는다. 그 와중에 날벌레들이 내 귓속에 사랑해, 이 세 글자를 새겨 놓았다. 이상하게도 그런 근거 없는 확신이 들었다.

잎이 없는 앙상한 가로수를 지날 때쯤엔 실제로 두 귀가 간지러웠다.

4

나는 대체로 심심했다. 뭔가 특별한 일이 일어나기를 바라고 있었다. 말 그대로 생각일 뿐이었다. 그런데 방송 작가의 말에 따르면 내가 케이블 방송국으로 엽서 한 장을 보냈다고 한다. 작가는 엽서 사연이 오랜만이라 방송 결정을 내리긴 했

지만 내용이 특별하지 않으니 VJ가 묻는 말에만 대답하라고
했다. 나는 엽서를 보내지 않았다고 했다. 그런데 작가는 잘
생각해 보란 말만 되풀이할 뿐이다.

"12층 베란다에서 불꽃놀이 본 적 있어요?"

수화기를 내려놓으려다가 멈칫했다. 나는 그렇다고 했다.

혹시 엄마는 잘못 걸려 온 전화처럼 그 누구라도 이곳에 찾
아오기를 원했던 게 아닐까? 비록 그 대상이 살인범이라 할지
라도.

"여기, 엽서에 붙어 있는 불꽃 사진은 베란다에서 직접 찍
은 거라고 적혀 있네요. 본인이 보낸 거 맞잖아요. 주소, 이름,
전화번호 다 일치하는데."

이제야 현실을 직시하는 듯한 기분이 들었다. 만일 내가 전
화를 끊어 버린다면 방송 작가는 나를 욕할 것이다. 밀폐된 공
간에서 모르는 사람들이 나를 입 안에 든 껌처럼 잘근잘근 씹
어 댈 상상을 하니 섬뜩했다. 그래서 사실이 아닌 것도 사실로
받아들이기로 했다.

"제가 보낸 거 맞아요."

"그런데 자꾸 아니라고 하면 어떡해요."

"이런 경우가 처음이라서."

"30분 후에 전화드릴게요. 대기 상태에 있다가 바로 VJ하고
통화하는 거예요. 답변은 되도록 빨리 해 주세요. 뮤직 비디오
는 엽서에 적힌 걸로 말씀해 주시고요."

"제가 어떤 뮤직 비디오를 신청했는데요?"

"앵클부츠 밴드의 「외로움과 수류탄」요."

"그런 노래가 있어요?"

"네, 있어요!"

방송 작가는 수화기를 신경질적으로 내려놓았다. 방송만 아니었다면 욕 한마디 날렸을 여자란 추측이 들었다. 나는 케이블 방송국이 아니라 그 어느 곳에도 엽서를 보내지 않았다. 하지만 내가 보냈다고 그냥 믿어 버리기로 했다. 그렇게 생각하는 편이 정신 건강에 좋을 테니까. 그래도 현실이 아니지 싶어서 찬물로 세수를 했다. 새벽 무렵 집에 들어와서 수면제를 먹고 죽은 듯 잠에 빠진 기억밖에 없는데.

정확히 28분 후 전화벨이 울렸다.

수화기를 들었더니 여자 VJ의 목소리가 확 쏟아졌다. 아주 작은 캥거루들이 내 귓구멍 속으로 팔짝팔짝 뛰어 들어오는 것 같았다. 너무 발랄해서 불안해지는 목소리.

"혼자 있는 시간에 뭘 해야 좋을지 모르겠어요. 뭔가 재미있는 일 없을까요? 우울한 생각이 들지 않을 만큼 신나는 거요. 와우, 이분 뭐가 그렇게 심심한 걸까요. 제가 한번 물어봐야겠어요. 안녕하세요? 자기소개 좀 해 주세요."

내겐 이름과 나이가 있었지만 하는 일이 없었다. 방송에서 재수생이라고 말하기는 싫었다. 불꽃 사진이 붙어 있다던 엽서가 생각났다. 나는 사진을 찍는다고 했다. 그렇지만 사진작가는 아니라고 말했다.

"아주 신나는 일이 있어요."

유혹적인 말이었다. 텔레비전을 틀 뻔했다.

"매일 매일 제 얼굴을 보는 거예요. 어때요?"

좋은 방법이라고 대답했다. 병에 걸린 사람들은 상대방에게 야릇한 감정을 심어 준다. 그 감정의 범위는 대부분 동정심을 크게 벗어나지 않지만 예외의 경우도 있다. 불쾌감을 심어 줄 수도 있다는 얘기다. 정신병이나 VJ가 앓고 있는 직업병이 그렇다.

"요즘은 열대야 때문에 잠을 못 자겠어요. 저도 아침에 일어나면 아주 무기력해요. 이 무더운 여름날, 대체 어떤 우울한 생각에 빠지셨어요?"

"예를 들면,"

"빨리빨리 말씀해 주세요. 그래야 치료법을 알려 드리죠."

"자살 같은."

뚝, 짧은 정적이 귀를 감싼다.

수화기를 내려놓고, 베란다로 나왔다. 의부증에 시달리는 엄마도, 외박하는 아버지도 없고, 이상한 전화도 걸려 오지 않는 세계. 소녀의 작은 베란다가 신세계처럼 보이는 착시 현상에 빠졌다. 나는 새로운 세계에 대시하듯 손을 내밀었다. 한참을 그러고 있는데, 실수로 태어난 사람처럼 빗방울 하나가 손등에 툭 떨어졌다. 하늘은 잔뜩 흐리고 낮아 보였다. 아버지는 우산을 갖고 있을까? 아버지를 걱정한다기보다 비 맞은 아버지의 모습을 쳐다보기 싫었을 뿐이다.

저기 어디쯤에서 불꽃이 터졌었는데…….

새벽에 공원을 나와서 어디로 갔지? 바지 주머니 안에 나뭇잎이 한 움큼 들어 있다. 나뭇잎을 비벼 대면서 꼭 매미 날개가 부서지는 듯한 느낌을 받고 있을 때 전화벨이 울렸다. 방송 작가가 항의 전화를 하는 거라고 추측하고 못 들은 척했다. 그러다가 결국 방송 작가의 목소리라면 바로 끊어 버리겠다고 다짐하며 수화기를 들었다.

"지금 들어가는 중이다. 잠 깨울까 봐 일부러 전화 안 —"

수화기를 내려놓는 것으로 아버지에게 대답을 대신한다.

오후 6시가 조금 안 된 시각, 연예인들이 잡담하는 프로그램을 틀어 놓고 있을 때였다. 현관문이 열려서 쳐다봤더니 아버지가 인상을 쓰며 우산을 신발장 옆에 내려놓았다. 나는 방으로 들어와 침대에 태아처럼 웅크렸다.

정자였을 때 나는 혼자 살아남기 위해 자궁으로 돌진해 들어갔겠지. 엄청난 숫자의 동료들은 다 어디로 갔을까? 1억 년 전 옛날을 그리워하는 마음으로 1억 마리 정자들을 추모하고 싶어졌다. 1억 마리의 정자들은 소멸되기 직전 한마음으로 나를 비아냥거렸을지도 모르는데. 저 새끼는 태어나는 대가로

평생 혼자 있지 않으려고 발버둥 쳐야 할 거야.

이제 나는 어디에서나 내 존재를 증명해 줄 사람을 만들기 위해 발버둥 치겠지.

아버지가 주방에서 만들어 내는 온갖 소리가 빗줄기보다 먼저 귀에 꽂혔다. 잡음의 방해를 받느니 잡음을 감상하는 편이 낫겠다고 판단해서 거실로 나왔다.

아버지와 나 사이에 거북이 등껍데기처럼 딱딱한 침묵이 놓여 있다.

"두부 좀 사 와라."

비 오는 날 두부 한 모를 사러 밖에 나가고 싶지 않았다. 하지만 아버지에게 싫다고 말하느니 심부름이나 하면서 침묵하는 편이 낫다. 나는 식탁 위에 놓인 만 원을 주머니에 구겨 넣고 밖으로 나왔다.

심부름을 마친 후 나는 이상한 행동을 하고 있다.

탑돌이 하듯 소녀가 사는 아파트 건물을 맴돌고 있는데, 이유는 알 수 없다. 경비원이 우산도 없이 내 쪽으로 뛰어왔다.

"여기서 뭐 하는 거야?"

경비원이 내 앞에 버티고 서서 물었다.

"내 발로 내가 걸어 다니잖아요. 아저씨 집을 돌아다니는 것도 아닌데, 왜 앞을 가로막고 그래요?"

"이러다가 위에 올라가서 뛰어내릴 거 아니지?"

빗줄기는 경비원의 굽은 등에도 가차 없이 꽂혔다.

"새벽에 사람이 뛰어내렸어. 죽기 전에 학생처럼 여길 빙 돌았다니까. 그래서 내가 이렇게 달려온 거 아냐?"

"안 바쁘면 좀 말리지 그랬어요? 사람 떨어져 죽는 것만 구경하지 말고."

"구경하긴 누가 구경해? 여기를 빙 도는 것만 봤는데 그걸 보고 누가 죽을 사람이라고 생각하남? 잠깐 얼굴 마주친 게 다라고. 가다가 쿵 소리를 들은 게 새벽 2시가 조금 안 됐을 때였지? 내 근무시간도 아니었단 말이네. 그런 사고는 경비원 책임이 아냐! 학생도 분명히 알아 두라고."

경비원은 목소리를 높이더니, 엉거주춤 달려간다. 나는 특징 없는 베란다들을 올려다본다. 저 안에는 모두 정상인들이 살고 있을까? 베란다의 이중창들은 내 질문을 회피하듯 하나같이 굳게 닫혀 있다. 하지만 소녀의 이름을 부르면 그중 하나가 활짝 열릴 것 같다. 쓸데없는 생각이다. 소녀의 이름 같은 걸 내가 알 리 없다. 그런데도 나는 무엇에 홀린 듯 소녀의 베란다를 올려다보며 화단으로 들어간다. 하늘은 여전히 젖어 있다. 하늘이 젖은 것인지 땅이 젖은 것인지 그 무엇도 분간할 수 없지만 내가 목격한 것은 거북이의 깨진 등딱지 조각과 핏자국이다. 나는 개미의 눈에서 나올 법한 눈물을 흘리며 아버지가 저녁 준비를 하고 있는 집을 향해 필사적으로 달려간다.

빗줄기가 우산 위를 구르며 절규한다. 사랑해.

쉿,
한 사람만
아는
관계

쉿, 한 사람만 아는 관계

여러분, 잘생겼어? 혹시 못생겼는데 잘생겼다고 혼자 착각하는 거 아냐? 아침에 거울을 얼마나 들여다봐? 오늘의 얼굴이 어제의 얼굴과 어떻게 달라졌는지 알 수 있어? 아, 나는 어떻게 생겼을까? 눈, 코, 입, 눈썹, 귀는 당연히 붙어 있겠지? 하지만 나는 내 얼굴에 대해서 잘생겼다느니 못생겼다느니 하는 판단은 내리지 않을 거야. 내 몸이 있다는 사실이 더 중요하니까. 몸이 없다면 사랑하는 사람이 홀딱 벗고 서 있어도,

입이 없으니 키스 못 하지.
팔이 없으니 포옹 못 하지.
성기 없으니 섹스 못 하지.

타인 같은 내 몸, 내 몸 같은 타인이여. 이제부터 나는 여러분을 내 몸처럼 생각할 거야. 저 밤하늘에는 별들이 반짝이고, 어디선가 이름 모를 풀벌레가 우는 이곳은 한여름 밤의 공원이야. 나는 보이지 않는 상태로 존재해. 하지만 내가 여러분을 몸처럼 생각하듯이 여러분 또한 나의 존재를 믿어 주었으면 해. 그래야만 여러분에게 나를 소개할 수 있을 테니까.

나는 위스퍼야. 기억해 주는 건 정말 고맙지만 생리대로 기억하진 말아 줘. 이 꿈속에서 내가 맡은 배역은 유령이야. 어차피 잠깐 머물다 가는 시공간에서 유령이면 어떻고 생명체면 어때. 유령 배역을 맡았다는 사실을 깨달았을 때 나는 정말 쿨했다고. 가짜 세계에서 배역이 맘에 안 든다고 좌절하는 건 촌스러운 짓이야. 이제 내가 유령 배역을 맡게 된 경위를 들려줄게. 들리지 않겠지만 귀를 쫑긋 세우고 잘 들어 봐, 여러분.

보이지 않는 목소리

나는 주인공답게 이 꿈의 첫 장면에 강렬한 인상을 주며 등장했다. 워낙 강렬해서 당사자인 나조차도 할 말을 잃었다. 누구라도 피범벅이 된 자신의 몸뚱이를 내려다본다면 말로 설명할 수 없는 감정의 소용돌이 속에서 현기증을 느낄 것이다. 내 몸은 차 안에 쓰레기처럼 처박혀 있었는데, 구구절절 설명할 필요도 없이 당시 상태를 단 두 글자로 요약해 보겠다.

시체.

사람들이 내 시체를 꺼낼 때 눈을 감고 싶었다. 그러나 눈이 없었다. 분명 그 광경을 지켜보고 있었지만, 눈으로 보는 건 아니었다. 마치 뇌로 감지하는 느낌이랄까. 나는 살아생전 두리번거리던 느낌으로 부모님을 찾았다. 저 멀리 부모님의 모습이 보였다. 그렇다면 부모님도 나를 볼 수 있겠구나. 내 경험에 따르면 사람은 사나 죽으나 처음에는 희망을 버리지 않는다.

"나, 여기 있어!"

아빠가 내 존재를 느꼈는지 이쪽을 바라보긴 했다. 그러나 그뿐. 부모님은 무슨 말인가를 주고받기 시작했다.

"도대체 무슨 말을 하는 거야! 답답해 죽겠네."

계속 부모님을 불렀지만 대답이 없었다. 물론 나는 소리 있는 메시지를 보낼 수 없어서 소리 없는 메시지만 보냈다. 입 밖으로 내뱉지 못하지만 머릿속에 들어 있는 언어들. 표현되기 전의 미완 언어를 활용했던 것이다. 그러나 내 쪽에서 수십 번 메시지를 보내도 답신 없는 부모님. 이 세상은 노력하는 대로 결과를 얻을 수 있는 곳이라고, 생전에는 한 귀로 흘려보낸 부모님의 메시지가 기억났다. 그런데 아무리 노력해도 결과를 바꿀 수 없는 상황이라니, 그렇다면, 이곳은, 세상이 아니지. 그래, 이 모든 건 꿈이야. 그러면 이 꿈에서 나는 유령인가?

꿈이라는 현실을 깨달은 이상, 적응하는 일만 남은 셈이었다. 그런데 부모님이 떠날지도 모른다는 생각이 들자 나는 불안해지기 시작했다. 보이지 않는 몸뚱이로 어떻게 버티지? 혼자 즉사 현장에 남아 있을 생각을 하니, 소름이 끼쳤다.

"나 여기 있어!"

필사적으로, 아니 죽었던 힘을 다해 소리쳤다. 그러나 부모님은 어깨를 맞댄 채 나에게서 점점 멀어져 갔다.

"어디 가는 거예요? 가지 마요!"

나는 부모님의 뒷모습에서 '끝'을 보고 있었다. 마침내 둘은 공간 속에 흡수되듯이 사라졌다. 이 사건이 언제 일어났는지는 알 수 없다. 이 공간에서 시간의 흐름은 엉망진창이다.

어둠 속에 나 혼자 존재하는 상황. 낯선 유령 배역. 나는 부적응 상태였다. 생명체 배역을 맡은 사람들이 소음을 내며 도로를 지나갔다. 나는 저들을 느끼는데, 저쪽에서는 나의 존재를 모르고 있다니. 그들이 없었다면 나는 절대적인 외로움만 느껴도 되었을 텐데 상대적인 외로움에까지 빠져 들어야 했다.

"여보세요?"

메아리조차 울리지 않는 곳.

아무래도 당신, 너, 이봐요, 이런 단어들을 내 사전에서 없애야 할까 봐. 아, 한여름 밤의 꿈처럼 달콤한 '그대'라는 단어를 빼먹었군.

그대
한여름 밤의 꿈속에서
소리 없는
고백을 들어 볼래요?

이 작은 두 손으로
속삭이는
달콤한 그대 이름을 밤새 들어 볼래요?

아, 그대라니, 그대 같은 것이 있을 리 없지. 아무리 꿈속이라도 나는 부적응 유령이 되고 싶지 않았다. 그래서 대화할 상대를 만들었다. 나밖에 없으니 나하고 대화를 할 수밖에.

나1: 과연 내가 유령일까? 유령치고는 지나치게 감성적인 거 아냐?

나2: 정말 나에 대해 모르는군! 인간이었을 때도 나는 감성이 풍부했어.

나3: 유령이 돼도 본성은 사라지지 않는구나.

나 1, 2, 3: (한목소리로) 끔찍해!

사고 현장에는 곧 차량 행렬이 이어졌다. 뭐, 당연한 일이었다. 내가 죽었다고 해서 세상이 바뀌는 건 아니니까. 그런데 어느 순간 그 장소를 보존하고픈 충동이 일었다. 그래서 차들이 지나가지 않기를 간절히 바랐을 뿐인데, 한 대가 고장이 났다. 역시 사람이나 유령이나 경험을 통해 존재하는 요령을 배우는 모양이다. 도로는 나의 홈그라운드였다. 점차 내 의지대로 일을 꾸밀 수 있게 되었다. 물론 그 영역을 지배하기 위해선 노력을 해야 한다. 모든 노력이 그러하듯이 마음가짐이 중요하다. 무기력하게 차량 행렬이나 계속 바라보고 있었다면 유령의 권한도 행사하지 못할 뻔했다. 열심히 자기 계발을 하면 교통사고로 위장해서 사람을 죽일 수도 있을 것 같았다. 하지만 그런 능력은 키우고 싶지 않았다. 아니, 솔직히 말하자면 그런 능력만 키우는 유령이 될까 봐 두려웠다. 어느 날 밤 나는 내가 즉사했던 도로를 바라보며 심각하게 진로를 고민했다.

그 공간을 사수하려고 발버둥 칠수록 진짜 나를 잊어 가는 느낌. 일상이라는 늪에 빠져 허우적거리는 것 같았다고나 할까. 그래, 즉사 현장 따위나 사수하려고 유령 배역을 맡은 건 아닐 거야. 나는 공중에 두 팔을 벌리고 둥둥 떠 있었다. 물론 나의 모습은 보이지 않았다. 그냥 이 부분 어디쯤에 팔이 달렸겠거니 생각하는 것이다. 보이지 않는 것을 보인다고 믿는 것은 환상이지만 이 세계에서 나를 지탱해 나가기 위해선 그러는 편이 도움이 된다. 근데 왜 나는 어느 날 갑자기 유령이 되어야만 했을까.

"억울하다고!"

반항하듯이 온몸을 흔들어 댔다. 얼마나 오래 흔들어 댔는지는 모르겠다. 매일 같은 풍경이 반복되는 도로에서 시간의 흐름 같은 건 느낄 수 없을뿐더러 내 몸은 보이지도 않으니까. 내가 발악을 해도 다른 차량은 별 문제없이 잘 지나갔다. 그런데 승용차 한 대가 내가 있는 곳으로 위태롭게 진입해 왔다. 깜짝 놀라 반사적으로 차를 조금 밀어내려고 했다. 하지만 이미 그 일대에는 나도 제어할 수 없을 만큼 엄청난 힘이 축적되어 있었다. 아, 그 사고는 정말이지 내가 원한 게 아니었다. 하지만 불행 중 다행히도 한 명만 죽었다. 20대 후반이나 30대 초반의 여자였다. 여자 유령이 자기 시체를 넋 놓고 바라보고 있었다.

"미안해요. 고의는 아니었는데."

여자 유령은 대답하지 않았다. 화가 난 걸까? 고의는 아니었는데, 라는 말이 변명처럼 들렸을지도 모른다고 생각했다.

"제 잘못이에요."

여자 유령, 침묵.

"아! 당신은 지금 내 꿈속에 있어요. 꿈의 캐릭터라고요. 그렇지만 나도 이 꿈의 시나리오를 몰라요. 당신이 현실을 알아야 할 것 같아서 알려 주는 거예요. 그러니까 내 말은, 지금 슬퍼할 필요가 없다는 거죠. 진짜 당신은 저 세계에 있으니까."

나만 혼자 신나게 떠들고 있었다.

아, 이 세계의 소란스러움. 어느새 사람들이 몰려와서 현장을 수습하기 시작했다. 나는 두 손으로 귀를 막고 태아처럼 웅크렸다. 스스로를 보호하기 위한 본능적인 동작이었다. 여자의 교통사고 현장은 한편으로는 나의 현장이기도 했다. 다른 사람의 경험을 통해 내가 겪은 일을 보는 셈이었다. 내가 즉사한 현장. 아, 꿈속에서라지만 다시는 목격하고 싶지 않은 광경이다.

하지만 이 악몽은 교훈적인 메시지도 전달하고 있다. 시체에 하얀 천이 씌워진 순간 나는 육체와의 이별을 인정하지 않을 수 없었는데, 정말이지 고통스러운 체념이었다. 어느 날 갑자기 나와 내가 결별하는 최악의 이별 장면. 인간이 영혼과 육체의 조화로 이루어진 생명체라는 사실을 몸소 겪은 셈이다. 나는 동병상련의 감정으로 여자를 바라보았다.

"나도 처음에는 당황했어요. 당신보다 더 멍청한 표정으로 내 시체를 바라봤죠. 아, 나는 혼자가 아니었구나. 그래도 뭐, 유령이 되고 보니 다 소용없던데요. 우리 가족은 단체로 죽었어요. 왜 가끔 뉴스에 나오잖아요. 일가족 교통사고로 사망. 부모님은 어딘가로 가셨죠. 그곳이 어딘지는 나도 몰라요. 하지만 다행인 건 두 분은 갈 길을 알고 있었다는 거예요. 마지막까지 나를 찾았어요. 나도 두 분을 보고 있었죠. 소리도 쳤어요. 그러나 내 목소리를 듣지 못했죠. 그때는 정말이지 죽고 싶었는데."

아, 여자 유령은 나를 없는 유령 취급했다. 나는 혼자 속삭이는 것 같은 느낌에 사로잡혔다.

"저기요. 미안하다고 분명히 말했잖아요. 사람이, 아니 같은 유령이 말을 할 때는 듣는 척이라도 해야 하는 거 아닌가요?"

내 목소리는,

"제발, 뭐라고 말 좀 해 봐요!"

공허한 울림.

여자 유령은 도로 전체를 바라보았다. 생의 종료 현장을 담담하게 감상하는 눈빛. 여자 유령은 내가 있는 곳에서 조금씩 멀어지더니 새로운 세계에 흡수되듯이 사라졌다. 그 순간 이상하게도 내가 피해자가 된 기분이 들었다. 무시받았어! 내 과거를 얘기해 주고, 용서까지 빌었는데 그 여자는 철판을 씹어 먹은 표정이었어. 부모님처럼 또 가 버렸다고! 나는 여자와 부모님을 번갈아 가며 원망했다.

그런데 그들의 입장에서 생각하자 전혀 다른 결론이 나왔다. 여자와 부모님은 왜 내 목소리에 대답하지 않았을까? 쓸데없이 머리 굴리지 않고 단순하게 사고했다. 그러자 아주 단순한 결론이 나왔다. 그들은 나의 목소리를 듣지 못했던 것이다. 엄마, 아빠, 여자는 내 목소리를 들을 수 없었다. 왜 그들은 내 목소리를 들을 수 없었던 걸까? 아빠와 엄마는 분명 서로 귓속말을 주고받았어. 혹시 나는 유령과 소통할 수 없는 유령이야? 왜 나만 외톨이 유령이야? 왜? 왜!

혹시 어른 유령은 나를 보지 못하나? 그러면 아이 유령은 나를 알아볼 수 있을까? 미성년자가 탄 차량이 지나갈 때마다 호기심 어린 눈길을 던졌다. 내 힘이 작용하는 일대에서 미성년자 한 명쯤 교통사고로 죽이는 건 일도 아닐 것 같았다. 하지만 그런 사고를 일으켜선 안 된다고 생각했다. 그러면 나는 유령이 아니라 악마가 될 테니까. 사건 하나를 계기로 사람, 아니 유령의 정체성이 순식간에 변하고 마는 것이다.

한여름 밤, 나는 죽은 듯 존재했다. 생명체들의 투정 소리가 들려왔다. 그들은 덥다고 난리를 쳤다. 열대야구나. 그러고 보니 내가 죽었을 때도 한여름이었는데. 아니야! 겨울이었어. 나는 부모님하고 스키장에 다녀오는 길이었고. 무슨 소리야. 7번 국도를 드라이브했잖아. 여름휴가 기간이었어. 사실은 가을이었지. 엄마가 단풍이 참 보기 좋다고 말했어.

아, 잠시 쉬는 사이에 세 명의 '나'가 말싸움을 시작했다. 꿈의 세계니까 그리 놀랄 일은 아니었다. 그런데 한편으로 무서웠다. 내가 나를 믿을 수 없는 상황이라니. 어느 '나'가 진실을 말하고 있는지 전혀 알 수 없었던 것이다. 정말, 어느 계절에 유령이 됐을까? 세 명의 '나'는 앞 다투어 자신들의 주장을 말했다. 하지만 나는 그 누구의 편도 들 수 없었다. 그래서 결국 모두의 편이 되어 주기로 했다. 내가 하는 말은 모두 진실이다. 여긴 꿈의 세계니까. 꿈속에서는 여름, 가을, 겨울이 동시에 나타날 수 있지. 나는 마인드 컨트롤을 시도했다. 그러자 분열된 나 1, 2, 3은 갑자기 조용해지면서 내 생각을 의심하기

시작했다. 나는 세 계절이 동시에 존재할 수 있다는 것을 증명
해 보여야 했다. 그래서 하는 수 없이 공상에 빠졌다.

"저기 단풍 좀 봐, 너무 예쁘다."
엄마가 말하자 나는 이렇게 대답한다.
"거봐. 바다로 오길 잘했지?"
운전석에 앉아 있던 아빠가 백미러로 내 얼굴을 보며 웃는다.
"역시 겨울 스포츠는 스키가 최고야."
나는 아빠의 말에 고개를 끄덕이지만 잠시 후 현기증을 느
낀다. 이 장면, 어디서 본 것만 같아. 꿈이라고 하기에는 너무
도 생생한 경험. 그래 나는 지금! 구토가 치밀어 오른다. 부모
님은 이런 나를 부모님다운 눈빛으로 바라본다.
"왜 그러니, 얘야?"
"멈춰! 4분 39초 후에 저 앞에서 트럭이 돌진해 와. 가면 끝
이야! 빨리 돌아가요!"
"몰랐니? 우린 네가 다 알고 이 차에 탄 줄 알았는데."

나는 절규했고, 공상은 산산조각 났다. 승용차 한 대가 박
살 나 있었다. 이런! 내가 마음을 다스리지 못해서 또 교통사
고가 발생했어. 늘 좋은 생각만 품어야 하는 건가? 수많은 운
전자들의 안녕이나 기원하면서? 냉소적일 수 있는 상황이었
지만 내 마음을 지배하는 것은 자책이었다. 왜, 나는 이따위

배역을 맡은 걸까?

차 안을 보니, 남자 아이가 쓰러져 있었다. 즉사한 아이는 대여섯 살 정도로 보였다. 아이 유령이 골이 잔뜩 난 표정으로 자신의 시체를 내려다보았다. 다행히 아이의 엄마로 보이는 여자는 운전대를 바싹 붙잡은 채 숨을 쉬고 있었다.

"아줌마한테도 책임이 있어요. 다른 차는 잘만 지나가잖아요. 아까 운전할 때 분명 딴생각에 빠져 있었을 거예요. 정신을 놓고 있으니까 유령의 힘에 끌려오는 거라고요."

아이 엄마가 슬퍼할 것을 생각하자 마음이 불편했다. 말 그대로 불편함이었다. 내가 슬픈 건 아니었으니까.

"현실을 알려 줄게요. 내 목소리가 들리지 않겠지만 그래도 잘 들어요. 이건 꿈이에요. 아줌마도 모르는 사이에 내 꿈속에 들어왔다고요! 아이는 저 세계에 살아 있어요. 잠시 후면 모든 게 정상으로 돌아가요."

아, 이 모든 것이 언젠가 끝난다는 사실만 알고 있다면 슬픔을 밥처럼 소화할 수도 있을 텐데. 하지만 여자는 끝내 꿈이라는 것을 깨닫지 못하겠지. 예상대로 여자는 아이의 시체를 보자 눈물을 쏟아 내기 시작했다. 나는 잘못을 저지른 아이처럼 몸을 한껏 움츠렸다.

나1: 괜찮아, 용서를 빈 후 다시는 그런 일을 저지르지 않겠다고 말하자.

나2: 누구한테 용서를 빌어? 저기 실려 가는 여자한테? 아니면 경찰? 소통 자체가 안 된다니까. 저 사람들 눈에는 내가 안 보인다고.

나3: 쉿, 속삭임, 속삭임이 들려.

목소리 1: 왜 이곳에서는 해마다 사고가 일어나는 거야?

목소리 2: 그것도 열대야 기간만 되면 그러잖아요. 아무래도 열대야가 시작되면 차량 진입을 통제해야겠어요.

해마다라니?

그럼 내가 이 세계에서 유령이 된 지 1년이 넘었다는 거야? 경찰차, 견인차, 앰뷸런스가 멀어져 갔다. 앰뷸런스가 모습을 감추자 아이는 울음을 터뜨렸다. 아이가 마지막까지 바라보던 건 앰뷸런스 안에 탄 엄마였을 것이다. 엄마와 결별한다는 것. 아이 입장에서는 최악의 현실이겠지. 게다가 이 꼬마는 죽기까지 했어. 나는 꼬마 유령의 마음을 헤아릴 수 있었지만 그 울음은 참아 주기 힘들었다. 그칠 줄 모르는 아이의 울음은 정말이지 소름 돋는 소음이다. 하지만 한편으로는 꼬마 유령의 울음이 내 귀에 들린다는 것이 반가웠다. 동족하고 대화를 할 수 있다니.

"좋은 소식과 나쁜 소식을 알려 줄게. 이건 나쁜 소식인데, 넌 죽었단다."

꼬마 유령은 내 말 같은 건 한 귀로 흘려버리고, 계속 울었다.

　"이제 굿 뉴스를 말해 줄게. 지금의 너는 가짜야. 자, 너도 나한테 무슨 말이라도 해 봐."

　꼬마는 울음을 멈추지 않았는데, 가만 보니 나라는 존재를 전혀 의식하지 못하는 것 같았다. 왜 나는 저 녀석과 소통할 수 없는 것일까? 저 녀석은 왜 사라지지 않고 계속 울고 있는 거지? 순간 나도 울고 싶을 정도로 짜증이 났다.

　"그만 울어! 아무리 실수라지만 너 같은 걸 왜 죽였을까!"

　꼬마 유령은 주위를 둘러보고는 서서히 울음을 멈췄다. 그리고 한숨을 내쉬더니, 자리에 풀썩 주저앉았다. 어둠 가운데 둥둥 떠 있는 꼬마 유령. 혼자 있을 때는 울지 않는 존재. 그래, 저 꼬마는 일부러 울었던 거다. 엄마가 그 울음을 듣고 돌아올 거라고 믿었던 거야. 나는 꼬마들이 보기보다 강한 존재일지도 모른다고 생각했다. 어른들은 울지 않는 것처럼 보이지만, 사실 보이지 않는 곳에서 눈물 흘리니까. 그렇다면 나는?

　울고 싶었지만 울지 않았다. 나는 이 상황이 외롭다 못해 비극적이라는 것을 아주 잘 알고 있지만 가짜 세계에서 진짜 눈물을 흘리고 싶지 않기 때문에 절대로 울지 않는다. 이곳은 가짜 세계지만 나는 진짜니까. 꼬마 유령은 자신이 유령이라는 현실 자체를 모르는 것 같았다. 엄마가 여느 날처럼 자신을 내버려 두고 외출했다고 생각하는 눈치였다. 버림받았다는 생각이 들었을 때 나는 부모님은 물론 모르는 여자까지 원망했다. 만일 버림받는 상황에 익숙했더라면 다른 사람들을 원망하지 않았을 텐데. 경험이 부족하면 미숙한 판단을 할 수밖에 없다.

나는 꼬마 유령을 통해 그 사실을 확인했다. 승용차 한 대가 고장 났다. 차 안에는 꼬마의 엄마와 나이가 비슷한 여자가 타고 있었다. 그 후에도 꼬마 유령은 그 또래의 여자만 지나가면 힘을 발휘하려고 했다. 다행히 큰 사고는 없었지만 꼬마 유령은 자신이 무슨 잘못을 저지르고 있는지 전혀 깨닫지 못하는 듯했다.

나는 실수로 사람 두 명을 죽였다. 그 점에 대해선 지금도 반성하고 있다. 그런데 꼬마 유령은 일부러 여자들을 공격한다. 분노와 증오의 힘으로 언젠가는 죽일 수도 있겠지. 꼬마 유령을 지켜보면서 마음이 불편해졌다. 마치 거울을 통해 스스로를 비춰 보는 느낌이랄까. 하지만 한편으로는 그럴 리가 없다고 생각했다. 무지한 악의로 사람을 곤경에 빠뜨리는 저 어린 악마가 나의 모습이라니. 아니라는 것을 증명해 보이고 싶었다. 그러기 위해서는 고향과도 같은 그 도로를 떠나야 했다.

너의 이름은?

즉사한 현장이 고향이라니. 하지만 지금의 나에게는 그 도로가 유일한 고향이다. 그곳에서 나는 나름대로 처절하고 성스러운 과정을 거쳐서 유령이 됐다. 처음에는 부적응 상태에

서 영혼 둘 바를 몰랐지. 그런데 막상 떠나려고 하자 그곳을
제외한 세상의 모든 공간이 낯설게 느껴졌다.

　　나1: 어디로 가야 하지?
　　나2: 정말 도움이 안 되는군. 아는 사람들이 있는 곳으로 가
면 되잖아.
　　나3: 그렇다면 출발, 집으로!
　　나 1, 2, 3: (한목소리로) 그런데 우리 집이 어디야?

　유령은 시공간을 생생하게 인식하지 못한다. 유령이 되는
순간 세상과 분리되니까. 움직임도 느끼지 못한다. 내가 가고
자 하는 곳을 마음속으로 의식하면 나도 모르는 사이 그곳에
가 있는 식이다. 유령의 공간 이동은 공상하기와 비슷하다. 아
무 데나 갈 수 있는 것처럼 보이지만 사실 자기가 아는 곳만
가는 셈이다.
　원래 나는 집으로 가려고 했으나 도무지 기억나지 않았다.
집 근처 공원만이 떠올랐는데, 그 후 마치 잠에서 깨어난 것
처럼 이 공원에 와 있었다. 단독주택이라는 것. 내가 그곳에서
성장했다는 것. 하지만 이 두 가지 정보만으로는 우리 집을 찾
을 수 없다. 근본적인 것들이 내 기억에서 사라져 간다. 늘 곁
에 있어 존재감을 알 수 없었던 것들이 반항하듯 멀어져 간다.
우리 아빠는 어떻게 생겼더라? 엄마는? 무엇보다 내 이름은!

살아생전의 나를 잊지 않으려면 이름을 불러야 한다. 하루 세 번 이를 닦듯이 규칙적으로 '내 이름 부르기'를 생활화해야 한다. 이름 같은 것 당연히 기억하고 있을 거라고 방심했다간 영원히 잊어버리게 된다. 경험은 뼈저릴 정도로 고통스러운 교육. 이 세계의 법칙을 하나 둘 알아 가지만 돌이킬 수 없는 사건이 일어난 뒤다. 다음 세대의 유령들은 부디 이 세계의 규칙을 꿰뚫어 보고 있었으면 좋겠다. 공원에서 보이지 않는 몸을 살펴보았다. 어쩌면 얼굴에는 주름이 자글자글하고 허리는 휘었는지도 몰라. 탱탱한 피부와 단단한 골격 같은 건 이미 잃어버렸는지도 모른다고.

그러던 어느 날 '아는 여자 아이'가 공원에 나타났다. 여자 아이가 지나갈 때마다 주마등처럼 스쳐 지나가는 장면들. 열두 살 여자 아이가 누군가에게 선물을 건넨다. 여자 아이의 눈동자가 심장처럼 두근거린다. 그러나 곧 눈동자의 두근거림은 멈춘다. 그 누군가가 여자 아이의 선물을 쓰레기 소각장에 던져 버렸으므로. 하지만 그 누군가인 '나'로서 변명하자면 반 아이들의 목소리가 들려와서 나도 모르게 선물을 던지고 도망쳤을 뿐이다. 아침 조회 시간, 내 눈동자는 다른 반에 서 있는 아이를 찰칵, 찍는다. 낯선 여자 아이가 낯익은 여자 아이가 되는 풍경의 재발견 현장. 여자 아이가 지하철 계단을 내려간다. 한 칸, 두 칸 내려갈 때마다 조금씩 성장한다. 계단을 다 내려갔을 때 여자 아이는 교복을 입은 고등학생이 된다.

여고생은 열차에 올라탄다. 모르는 사람들 틈에 내가 아는 그 아이가 무표정한 얼굴로 서 있는 장면. 그리고 어느 날 바로 이 공원에서 우리는 스쳐 지나간다. 내 기억 속에는 나도 모르는 사이 아는 여자 아이의 영상이 찍혀 있었다. 그 영상에 내 모습은 없다. 그러나 나는 여자 아이가 있는 곳이면 어디든 존재한다. 여자 아이는 내 눈동자가 찍은 피사체니까.

여자의 정체는 바로 '동창'이었던 것이다. 동창이 정확히 몇 살인지는 모른다. 하지만 분명 청소년에 속하는 나이였다. 나는 동창을 통해 잃어버린 근본 하나를 되찾았다. 동창이 청소년이면 나도 청소년이다. 내가 동창을 생생하게 기억하는 이유는 간단하다. 동창은 나의 근본이 아니기 때문이다. 이 세계의 법칙. 근본 혹은 소중한 존재는 과감하게 삭제된다는 것. 생전에 잘 알던 사람은 타인이 되고, 타인에 불과했던 동창은 아는 사람이 된다.

그 후 이 공원에서의 유일한 낙은 '동창 지켜보기'가 됐다. 동창은 공원을 가로질러 간다. 하지만 어디로 가는지는 모른다. 가끔, 동창의 친구가 등장했다. 나는 그들이 이 일대를 지나갈 때 온 감각을 집중했다. 하지만 그 어떤 친구도 동창의 이름을 부른 적이 없다. 살아 있는 사람들이니, 이름의 소중함을 모르는 것이겠지. 동창이 다가오는 순간과 그렇지 않은 순간. 공원에서 나는 서서히 시간의 흐름을 느끼기 시작했다. 비록 밤과 낮의 구분처럼 단순한 구조이긴 했지만, 유령의 입장에서는 일상의 혁명이다. 나이를 되찾은 후 나는 이름을 기억해 내려고 했다. 하지만 아무리 노력해도 떠오르지 않았다. 그래서 대안을 생각해 냈다. 스스로 이름을 짓기로 결정했다. 음, 뭐가 좋을까? 목적성이 느껴지는 이름이 좋겠어. 내가 유령이 된 후 가장 하고 싶었던 일을 떠올려 보자.

나1: 속삭이고, 속삭이고, 속삭이고 싶었어.
나2: 누군가의 귓속에 속닥속닥, 소곤소곤.
나3: 속닥속닥? 소곤소곤? 그렇다면?
나1, 2, 3: (한목소리로) 위스퍼!

위스퍼! 탁월한 이름이라고 생각한다. 물론 위스퍼가 생리대 이름이라는 건 잘 알고 있다. 그런 쓸데없는 정보는 유령이 되어도 왜 잊어버리지 않는가 몰라. 어쨌거나 이름이 생겼다는 건 굉장히 기분 좋은 일이었다. 동창이 나타난 후로 내 몸도 서서히 느껴지기 시작했다. 비록 보이지 않는 몸이지만 스스로 존재감을 인정하게 된 것이다. 나를 믿는 에너지 같은 것이 생겨서 정말 내 몸이 '있다'고 믿게 됐다. 동창이 다가오면 나, 위스퍼는 공원에 둥둥 떠 있다. 그러면 동창은 내 몸을 통과해서 지나간다. 몸을 활용한 터널 놀이 비슷한 거다. 동창은 나를 볼 수 없지만, 뭔가를 느끼긴 하는 모양이었다.
"너의 이름은?"

나는 가끔 동창의 목을 끌어안고 망토 흉내를 냈는데, 동창은 대답하지 않았지만 귀와 목 언저리를 매만지는 반응을 보였다. 아기가 손가락과 발가락을 꼼지락거리는 것처럼 경이로운 동작이었다.

쉿, 한 사람만 아는 관계

그 밤이 정확히 몇 월 며칠인지, 유령으로서 맞이하는 몇 번째 밤인지 나는 모른다. 하지만 사람들의 반응을 통해 그 일대가 굉장한 무더위에 휩싸였다는 것을 알 수 있었다. 들리는 말에 의하면 사람을 미치게 만드는 열대야였다. 그 여름밤, 나는 동창의 몸을 타고 오르내리는 뱀 놀이를 했다.

타박타박 슬리퍼 소리. 동창이 전화 통화를 하며 다시 나의 영역으로 들어오고 있었다.

"독서실이 더워서 나왔어. 차라리 밖이 나은 것 같아. 아까 공원을 지나가는데 한기까지 느껴지더라니까. 집 앞 공원이야."

매미들이 울고 있었다. 동창은 벤치에 앉더니 주머니에서 작은 손전등을 꺼냈다. 도대체 저런 걸 어디서 샀을까, 생각하고 있는데 동창이 허벅지 위에다 책을 펼쳐 놓고 읽기 시작했다. 그러면서 한 손으로는 주머니에서 뭔가를 꺼내 먹었다. 초콜릿이었다. 동창의 주머니 안에서 초콜릿이 탁 소리를 내며 부서졌다. 한여름 밤의 정체된 공기를 단번에 가르는 경쾌한 울림. 나는 동창이 무슨 책을 읽나 보려고 했으나 —

검은 날개 같은 것이 동창의 양어깨에 솟아 있었다.

나에게 몸이 있었더라면 동창의 손을 잡고 그 장소를 벗어났을 텐데. 아니다. 생명체 배역을 맡았더라면 검은 날개를 보지 못했겠지. 아, 그렇다고 하더라도 동창을 구할 수 있었을 것이다. 동창 옆에 누군가 함께 있었다면 검은 날개 따위는 다가오지 못했을 테니까. 나는 유령 특유의 감각으로 불길한 기운을 느낄 수 있었다. 검은 날개의 정체는 사람이었다. 칼을 숨긴 채 동창의 어깨를 바라보던 남자. 비록 몸은 살아 있지만 영혼이 죽은 거나 마찬가지인 사람. 유령이 보기에도 생명체처럼 느껴지지 않는 남자. 그의 정신은 뒤틀려 있었다. 오죽했으면 사람이 아닌 검은 형체로 보였을까.

남자는 공원 밖에서 동창의 뒷모습을 바라보다가 갑자기 돌진해 왔다. 동창은 시소가 놓인 공원 구석으로 끌려갔다. 몸! 나에게 몸이 있었더라면.

나는 그 장면을 보고 싶지 않았다. 내가 공원에서 일어나는 장면을 본 것은 눈이 있어서가 아니다. 사람의 눈이라면 정신을 보호하기 위해서 처절하거나 끔찍한 상황을 외면할 수 있도록 설정되어 있을 것이다. 그러나 나는 외면하지 못한다. 유령이 된 곳으로 이동하려고 했으나 그 도로가 기억나지 않았다.

나는 무력하게 동창의 살해 현장에 존재하며 교훈 하나를 얻었다. 삶을 포기한 사람은 위험하다. 그들 중에는 남자처럼 분노를 다른 사람에게 퍼붓는 부류도 있으니까. 그 남자는 처음부터 작정하고 내 동창의 배에 칼을 박은 것이 아니다. 동창은 단지 그 벤치에 앉아 있었기 때문에 희생양이 됐을 뿐.

공원에 가득한 매미 울음소리. 아무도 모르게 칼에 찔린 채 죽어 가는 동창. 어둠 속으로 도망친 살인자. 하지만 괜찮아. 이 모든 건 그저 한여름 밤의 꿈일 뿐이니까. 동창의 눈동자에 초점이 없었다.

"괜찮아, 이건 꿈이야. 꿈속의 밤이지. 그러니까 죽어도 돼."

"살려 주세요."

동창은 검은 허공에 대고 마지막으로 사력을 다해 말했다. 물론, 그 허공에는 내가 있었지만……

공원에 새로운 구성원이 생겼다. 동창 유령. 동창 유령은 자신의 시체를 담담한 눈빛으로 바라보았다.

"안녕? 나는 위스퍼야."

동창 유령은 대답하지 않았다.

"너는 살아생전 두 가지 실수를 했어. 첫째, 나에게 이름을 가르쳐 주지 않았다는 것. 둘째, 저 벤치에 혼자 앉아 있었다는 것."

나는 수도 없이 말을 걸었다. 그때마다 반응은 한결같았다.

무응답. 그런 과정을 지겹게 되풀이한 후 나는 이 세계의 법칙을 하나 더 알게 되었다. 동창 유령, 꼬마 유령, 여자 유령은 나와 같은 장소에 있었다. 그런데 왜 내 목소리에 반응하지 않았을까? 쓸데없이 머리 굴리지 않고 단순하게 사고했다. 그러자 단순한 결론이 나왔다. 동창 유령, 꼬마 유령, 여자 유령은 나와 같은 장소에 있었다. 하지만 우리가 속해 있는 시간은 달랐다. 동창 유령은 유령이 된 후의 공원에 속해 있는 것이다. 나는 분명 이 공원에 있지만 동창 유령은 절대 나를 볼 수 없다. 어차피 유령들은 물질로 이루어지지 않았기 때문에 한 공간을 여러 유령이 공유할 수 있다. 세계의 법칙을 깨달은 순간 경이로움과 슬픔이 거의 동시에 느껴졌다.

부모님은 청소년 시절을 거쳐서 어른이 된 후 나를 낳으셨다. 나는 청소년 시절의 부모님과는 대화를 할 수 없다. 그 누구도 태어나기 전의 시간은 경험할 수 없으니까. 내가 여러 유령들을 볼 수 있었던 것은 그들보다 일찍 유령이 됐기 때문이다. 나는 유령이 된 후 나의 영역에서 벌어지는 일들을 목격할 수 있다. 하지만 나보다 늦게 돌아가신 부모님은 나를 볼 수 없다. 천만다행으로 부모님은 동시에 유령이 되었다. 그래서 두 분은 서로 대화를 할 수 있었다. 동반 자살을 한다면 같은 시간대에 속할 수 있을까? 시간의 커트라인 비슷한 것이 있을 것이다. 나와 부모님이 다른 시간대에 속한 것을 보면 알 수 있다. 생명체들이 세대 차이로 원활한 소통을 못 한다면 유령들은 순간 차이로 소통 자체를 거부당한다.

하지만 나는 떠도는 유령으로 존재하면서 동족의 울음을 들을 수 있었다. 남겨진 유령이 받는 혜택 같은 것일까? 이 세계에서는 죽으면 함께할 수 있다는 낭만적인 생각 따위 집어치워야 한다. 어쩌면 부모님은 소멸했는지도 모른다. 즉, 완벽하게 돌아가시는 과정을 밟은 거다. 나처럼 떠돌아다닐 바에야 소멸하는 게 현명하다는 것을 꿰뚫어 본 게 아닐까. 아, 꿈의 시나리오가 이토록 교묘하다니. 동창 유령은 떠날 채비를 하고 있었다. 이대로 보낼 수 없다는 생각이 들어서 나는 즉흥곡을 만들기로 했다.

나1: 우리는 동시대 소년 소녀. 그리고 쉿! 한 사람만 아는 관계였어. 어느 날 우리 다른 세계의 소년 소녀가 됐지.

동창 유령, 침묵.

나2: 아직 나를 기억하고 있을까? 정말, 이 세상에 너의 대답은 없는 걸까?

점점 사건 현장에서 멀어져 가는 동창 유령.

나3: 우리는 동시대 소년 소녀. 그리고 쉿! 한 사람만 아는 관계였어. 어느 날 우리 같은 세계의 소년 소녀가 됐지만.

　동창 유령을 배웅한 후 나는 무기력해졌다. 무척이나 하고 싶은 일이 있었지만 끝내 할 수 없었기에 죽음과도 같은 무기력 상태에 빠진 것이다.
　"행동으로 조의를 표하고 싶어."
　나만 알아듣는 내 목소리. 나는 동창 유령이 탄생한 장소에 향을 피우고 싶었다. 생명체의 배역을 마친 동창에게 조의를 표하는 동시에 유령으로 걸어가는 길이 외롭지 않도록 기원해 주고 싶었다. 그마저도 안 된다면 동창의 시신이 안치된 곳에라도 한번 가 보고 싶었다. 하지만 나는 그곳이 어딘지 알지 못한다. 유령으로서 조의를 표하는 방법은 이 일대를 벗어나지 않는 것뿐.
　이상, 나 위스퍼의 속삭임은 끝이다. 이제 더 이상 혼자 주절거리지 않을 작정이다. 나는 여러분이 애초에 존재하지 않고, 존재한다 하더라도 나의 존재를 모른다는 사실을 아주 잘 알고 있으니까. 이 꿈이나 빨리 끝났으면 좋겠다. 지루하다 못해 끔찍하다. 주인공이 지루해 죽겠다고 말할 때는 분명 스토리에 문제가 있는 거다.

두 번째 지구는 불안정한 소년이지만, 최악의 상황은 아니야

예상치 못한 사건이 발생했다. 동창 유령이 떠난 후 공원 일대에는 살인 현장을 알리는 폴리스 라인이 둘러졌는데, 방금 한 소년이 자전거를 공원 입구에 세우더니 폴리스 라인을 넘어왔다. 사람의 형상은 갖추고 있지만 전반적으로 흐릿한 모습. 한마디로 기운이 없는 소년이었다. 정신이 영양 결핍 상태의 식물을 닮았다고 해야 할까. 물론 겉보기에는 정상이었고, 다른 사람에게 피해를 주지 않는다는 점에서 괜찮은 생명체지만 말이다. 소년은 내 쪽으로 다가오더니 웅크려 앉아 모래성을 쌓기 시작했다.

소년은 작은 모래성 두 개를 쌓았다. 모래성 두 개 사이에는 간격이 조금 있었다. 여자의 가슴처럼 보였다. 혹시, 변태적인 성향을 가진 녀석일까? 한여름 밤, 살인 현장에서 자위 행위를 하는 소년. 나는 조만간 펼쳐질 광경을 상상해 보았다. 그런데 소년은 담배를 꺼내 불을 붙이고 한 모금 빨아들이더니 모래성에 꽂아 놓았다. 이어 나머지 모래성에도 담배를 꽂았다. 담배 연기가 스멀스멀 어둠을 기어올라 간다.

소년은 벤치에 앉더니 자기가 피울 담배에 불을 붙인다. 저 소년과 나는 분명 모르는 사이지만 이제 잘 아는 사이가 됐다. 아, 물론 내 쪽에서만 잘 아는 사이라는 거다. 우리는 한 사람만 아는 관계다. 나는 살아 있었을 때, 아니 깨어 있었을 때

저 소년을 마주친 적 있다. 같은 동네에 살기 때문에 우리는 가끔 무의미하게 마주쳤다. 나는 모자를 쓴 저 소년이 그 소년이라는 것을 확신할 수 있다. 아, 살아 있는 사람의 냄새가 이토록 자극적이었어? 공중에 떠 있다 보니 감각만 날로 예민해지는 것 같다. 착시 현상일까? 담배 연기가 향처럼 보인다. 이 공원에서 담배 연기가 향 역할을 하고 있다고 생각하니 모래성은 또 미니어처 무덤처럼 보인다. 아! 기운 없는 소년은 이곳이 살인 현장이라는 것을 알고 있는 것이다. 근데 왜 무덤이 두 개야?

곧 그 이유를 알게 되었다. 폴리스 라인 바깥에 거북이 유령과 소녀 유령이 둥둥 떠 있다. 고개 숙인 소년을 무표정한 얼굴로 바라보는 유령 소녀. 유령 소녀와 저 소년은 아는 사이일 확률이 크다. 저 소년은 유령 소녀를 추모하고 있는 것이다.

"너는 생전에 저 녀석을 무시했지? 만일 저 녀석이 근본에 가까운 존재였다면 이렇게 뚫어져라 바라볼 리가 없지."

유령 소녀는 내 속삭임에 대답하지 않는다.

"혹시 방금 유령이 됐어? 마지막으로 인사하러 온 거야? 근데 어떡하나. 저 녀석은 너를 못 보는 모양인데."

나는 기운 없는 소년을 바라보았다. 나한테 심장이 있는지 없는지 모르겠지만 이럴 때는 반드시 '심장이 두근두근'이라는 표현을 사용하고 싶다. 모습이 흐릿한 소년이 먹음직스러운 음식처럼 보인다. 혹시 내가 생명체의 몸속에 들어갈 수 있을까?

이 세계에서는 부딪치고 깨져 가며 존재하는 요령을 배워야 한다. 처음부터 이런 능력이 있었는지, 아니면 후천적으로 생긴 것인지 모르겠으나 나는 후배 유령의 몸에 들어갈 수 있다. 하지만 유령은 유령의 몸을 탐내지 않는다. 내 것과 다를 바 없으니까. 아무래도 살아 있는 사람에게 처음부터 들어가는 것은 겁이 난다. 그래서 소심한 나는 일단 거북이 유령의 몸 안에 들어왔다. 그런데 이것도 겁이 나긴 마찬가지. 페어플레이에 어긋나는 행위를 저지른 느낌이랄까. 왠지 감시받는 기분이다. 만일 이곳에서 나보다 먼저 죽은 유령이 있다면 그 유령 역시 내 안에 들어올 수 있을 것이다. 이건 먼저 시공간을 차지한 유령의 막무가내 권한이다. 선배님. 그냥 한번 들어와 본 것뿐이라고요. 아무리 꿈속이라지만 자존심 구기게 거북이를 탐내겠어요?

─거북 씨, 나한테 오는 길이야?

나는 거북이 속에서 깜짝 놀랐다. 분명 소년이 말을 걸어왔다. 정신과 정신의 소통이기 때문에 목소리는 들리지 않는다. 생명체의 눈에 유령 거북이가 보이다니. 남자와 여자가 섹스를 통해 생명을 만들듯이 유령도 유령과 결합하면 새로운 그 무엇으로 바뀌는 걸까? 거북이 속에서 나는 가능성을 느낀다. 이대로 전진해 나가다 보면 저 소년의 육체를 내가 가질 수 있을 것만 같다. 하지만 그건 금기 위반일 것이다.

나1: 금기를 위반하지 않을래.

나2: 소심하기는. 금기고 뭐고 이 기회에 저 육체를 점령하는 거야.

나3: 어쨌거나 다들 새로운 곳으로 가고 싶지?

나1, 2, 3: (한목소리로) 행진! 행진!

— 바다로 가는 중.

대답하면서 소년에게 다가간다. 행진이라는 말이 무색할 정도로 느린 속도. 그래도 최선을 다해서 한 발짝씩 전진해 간다. 선배님도 유령이 됐을 때는 내 나이거나 더 어렸을 텐데. 그러니 안 떠난 거죠? 그런데 어느새 이 세계를 유지하기 위해 한 자리 차지하고 계시네. 선배님은 다수의 유령을 위한 금기라고 혼자 중얼거리겠죠. 질서를 깨뜨리려고 이러는 게 아니에요. 그저 '나'를 위한 일을 하다 보니 세계의 규칙을 위반하게 되는 거죠. 자신이 누구인지도 모른 채 1인분의 시공간에서 동족을 감시하는 불쌍한 유령들. 이게 이 세계에서 영원히 존재하는 방법이군요. 하지만 꿈 깨세요. 선배님이 진짜 세계라고 믿고 있는 이곳은 하룻밤 꿈에 불과하니까.

하도 거북이가 느리게 움직여서 나를 감시하고 있을지도 모르는 선배 유령에게도 몇 마디 해 줬다. 아, 기분 좋다. 매미 울음이 거북이 등딱지를 뚫고 들어오는 것 같다. 나는 거북이를 이끌고 생명체에게 다가간다. 노래를 부르며 전진한다.

나1: 소리 없는 속삭임

　　보이지 않는 얼굴

　　지금 이름 없는 나를 고백하러 가자

나2: 고독은 공기처럼 가깝고

　　슬픔은 친구처럼 편안해

　　속삭이지 않는 세계

　　마음만 열어 준다면

　　외로운 소년도 들을 수 있어

나3: 목소리 없는 프러포즈

　　한여름 밤의 속삭임

　　이젠 이름 없는 나를 보여 주러 가자

—길을 잘못 들어왔어. 이곳은 살인 현장이야.

소년이 말하고,

—그래도 간다. 희망을 버리는 쓰레기통은 길 끝에 있는 법이다.

내가 대답했다. 느리지만 정확한 발걸음으로 소년의 운동화 앞에 도착했다.

여러분에겐 지구라는 소속 공간이 있어. 하늘은 여러분의 머리 위에 떠 있고, 대지는 여러분의 두 발을 받쳐 줘. 하지만 유령은 하늘도, 대지도 느낄 수 없지. 그 어디에도 소속될 수 없는 공허한 존재들이야. 그런데! 이런 나에게도 우연히 지구가 생겼어. 나의 두 번째 지구는 첫 번째 지구처럼 자전을 하지 않아. 공전도 안 해. 소년 모양의 불안정한 소우주야. 아, 여러분, 내가 작정하고 이 생명체에 들어온 것은 아니야. 소년은 나를, 아니 거북이를 죽이려고 했어. 그 어두운 힘을 느꼈을 때 본능적으로 탈출할 수밖에 없었지. 가장 가까이 있는 소년의 몸속으로. 소년은 내가 들어온 것을 느끼지 못해. 자기애가 허약한 공간. 마음과 마음 사이가 너무 헐거워. 이처럼 나의 두 번째 지구는 불안정한 소년이지만, 최악의 상황은 아니야. 오히려 그렇기에 더욱 발전 가능성이 높은 곳이지.

소년이 거북이를 죽이려던 순간 유령 소녀가 이쪽으로 이동해 와서 거북이를 들어 올렸다. 같이 유령이 되면 스킨십도 가능하구나. 그리고 이럴 수가, 이 기운 없는 소년은 지금 유령 소녀를 보고 있다. 유령이 살아 있는 사람의 몸 안에 들어왔을 때 나타나는 현상인 걸까? 생명체가 유령을 본다는 것은 상식적으로 말이 안 된다. 하지만 뭐 상관없다. 소년은 소녀가 유령이라는 것을 알지 못하니. 정말이지 사람과 사람 사이는 알다가도 모르겠다니까. 이 꿈속은 전반적으로 세상과 분위기가 비슷하다. 내가 주인공인 것 같은데, 알고 보면 주변 인물이다. 이제 주인공은 기운 없는 소년과 유령 소녀다.

"여긴 살인 현장이야."

유령 소녀, 침묵.

"집에 돌아가. 널 죽여도 난 눈물 한 방울 안 흘려."

아, "네가 죽어도 나는 눈물 한 방울 안 흘려."라고 말했어야 했는데. 소년은 사소한 말실수 때문에 자책한다. 그리고 소년이 자책하는 사이, 내가 이동할 수 있는 공간이 점점 확대된다. 나는 이 소년이 왜 내 동창을 추모해 줬는지 알지 못한다. 원한다면 캐낼 수야 있겠지만 내 것이 아닌 마음은 훔쳐보고 싶지 않다. 어쩌다 보니 실수로 여기 있을 뿐이니까. 하지만 소년이 자책하는 일을 멈추게 해야 한다. 그러지 않으면 내가 이 육체를 통째로 소유하게 될 것만 같다.

지금은 어딘지 기억조차 나지 않는 그 도로에서, 상대적인 외로움을 느꼈던 순간들이 떠오른다. 순간과 순간이 더해져서 지루하고 고독한 시간이 됐지. 사실, 이 가짜 세계에서 나의 바람은 생명체 배역을 맡는 거였다. 하지만 그 방법을 알 수 없었다. 그래서 모든 것이 하룻밤 꿈에 지나지 않는다고 나를 위안하며 유령 배역에 적응하려고 했다. 다시 말하자면 나, 위스퍼는 다른 사람에게서 나의 이름을 간절히 듣고 싶었던 것이다.

나1, 2, 3: (한목소리로) 세상을 느끼고 싶어. 대화하고 싶어.

육체와 이별할 때와 마찬가지로 이런 욕구를 포기하는 것역시 고통스럽다. 하지만 내 것이 아닌 것을 소유하면서까지

구질구질하게 생명체 배역을 따내고 싶지 않다. 이 세계에서 나는 분명 유령이지만 천만다행으로 자존심이 펄펄 살아 있는 청소년 유령, 위스퍼다. 유령 소녀가 침묵할수록 나의 두 번째 지구는 더욱 자책하겠지. 사고를 전환하기로 했다. 실수로 이곳에 들어왔지만 내 의지대로 머무는 중이라고. 처음이자 마지막으로 내 것이 아닌 이 소우주를 조정해 보기로 했다.

"이곳은 위험하니까 집에 돌아가, 나는 이 말을 하고 싶었을 뿐인데. 아무래도 내가 무더위 때문에 잠깐 미쳤나 봐. 다른 사람의 사생활이잖아. 간섭할 필요가 없는 거라고. 나야말로 더 미치기 전에 빨리 집에 가야지."

나는 소년의 마음인 척 위장해서 메시지를 보냈다. 다행히도 기운 없는 소년은 내 메시지를 자신의 것으로 완벽하게 받아들였다. 이제 자전거 페달을 밟으며 공원을 빠져나오는 중이다.

아니, 여기는 또 어디야? 분명 우리 동네일 텐데, 낯선 곳인지 낯익은 곳인지 도무지 분간할 수 없어. 하지만 뭐, 아무려면 어때. 여러분, 지금까지의 속삭임은 모두 잊어도 좋아. 나 위스퍼가 유령 주제에 자전거의 속도를 생생하게 느끼고 있는 이 굉장한 순간이나 펑펑 기억해 줬으면 좋겠어. 별들이 반짝이고 은하수가 흐르는 한여름 밤, 하늘에서 하얀 눈송이가 펑펑 쏟아지는 장면을 떠올려 봐. 여러분의 머릿속이 어두울 때 헤아릴 수 없이 많은 내가 눈송이처럼 쏟아져 내려오면 얼마나 좋을까? 여러분이 인생의 어느 한순간, 나를 펑펑 떠올려 준다면 정말 좋겠어.

—결코 '평생'이 아니라니까.

이런!

소년은 나를 느끼는 걸까? 아니면 다른 존재를 느끼는 걸까? 살해당할까 봐 두려워하는 소년. 소년의 마음에서 자기애가 갑자기 공포라는 극단적인 반응으로 나타나고 있다. 자기애로 꽉 차 도무지 빠져나갈 틈이 없다. 타인의 마음에게 압사되다니, 한 번 죽고 또 죽고. 정말이지 억울한 일이 아닐 수 없다. 하지만 나는 타인의 몸속에서 웃는다. 비록 의지와 상관없이 유령이 됐지만 내 의지대로 소멸해 가는 중이니까.

태어나 두 팔을 힘껏 뻗어 기지개를 켰던, 그 순간이 떠올랐다가, 한여름 밤의 꿈처럼 달콤한 속도로 멀어져 가…… 여러분…….

전화를 걸고 싶은 작가

정말로 내가 감동하는 책은 다 읽고 나면 그 작가가 친한 친구여서
전화를 걸고 싶을 때 언제나 걸 수 있으면 오죽이나 좋을까 하는,
그런 기분을 느끼게 하는 책이다.
—홀든 콜필드

책에서 만난 인물 중 홀든이 유난히 기억에 남는다. 내가
친구하고 싶은 녀석이기 때문이다. 작가의 말이 3박 4일 안 써
지고, 비까지 오는 이런 날에는 녀석에게 전화를 하고 싶다.
비 온다는 문자 메시지 하나만 달랑 보내도 왠지 답신을 보내
줄 것만 같은 녀석. 녀석은 작가가 됐을 것만 같다. 그리고 지
금 비가 대수냐, 국회의원 선거 결과가 나왔는데, 라고 메시지
를 보내 줄지도 모른다.

두 번째 책인데, 이 글을 쓰는 게 어째 처음보다 더 어렵고
부끄럽다. 하고 싶은 말이 혀끝에서만 맴도는 느낌이다. 심지
어 수줍기까지 하니, 조금 우스운 일이다. 아직 부족한 면이
많은데 바로 이 자리에서 숨 쉬고 있다는 사실도 신기하다. 스

스로 무중력 인간이라고 느낀 적이 있었다. 하지만 중력을 느끼고 싶은 바람은 지금도 변함이 없다. 자꾸 횡설수설하니까, 이 글을 읽는 여러분은 나를 못 미더워할지도 모르겠다. 그 생각을 하면 책상 밑에서 한 시간 정도 웅크려 있고 싶을 정도로 쑥스럽다. 아무튼 이 지면을 빌려 하고 싶은 말이 있다.

나는 전화 걸고 싶은 작가가 되고 싶다.

독자가 한 권의 책을 다 읽었을 때 내가 친한 친구처럼 느껴졌으면 좋겠다. 그래서 누군가에게 전화하고 싶은 날 내게 전화를 하고 싶어지는 거다. 나를 낯설지 않게 여겨 주었으면 좋겠다.

아, 이 작품집을 위해 수고해 주신 민음사 편집부에 감사드린다. 지구에 두 발을 딛고 서서 중력을 느낀 기분이었다. 그리고 지금 이 순간 너무 많은 분들이 떠오른다. 홀든 콜필드식으로 아무 말 하지 않는 것이 좋은 것 같지만 그래도 그분들이 곁에 없어서 더욱 그립고, 앞으로도 그럴 것이라는 말씀만은 꼭 전해 드리고 싶다.

파란나비원숭이족(族)에게 고함
─ 우리 시대 소심우울엉뚱발랄족을 위하여

박상수(시인, 문학평론가)

사랑받는다는 것은 '당신은 죽지 않아도 된다.'는 말을 듣는 것을 뜻한다.
─ 울리히 벡, 엘리자베스 벡-게른스하임 공저,
『사랑은 지독한 그러나 너무나 정상적인 혼란』 중에서 재인용.

1 사랑의 발명

언제나 그들이 문제다. 동물계 척추동물문 포유강 영장목 사람과 사람속 사람종, 이 털 없는 원숭이들.(용서하시라. 오늘만은 그대들과 다른 종족이고 싶구나.) 침팬지와 단지 1퍼센트 내외의 유전자가 다르다는 이유로 600만 년 전 어느 날 문득 허리를 꼿꼿이 편 순간, 이들은 집단 이주를 감행했다. 사상 초유의 건기가 닥쳐 하루가 다르게 숲이 사라져 가던 시절이었다. 하여 털 없는 원숭이들은 생존 확률을 높이기 위해 원래 살던 울창한 숲 대신 초원을 선택한 것이다. 적응하는 자만이 살아남는다. 이제부터는 초원에서 새로운 삶을 시작하리라.

하지만 살아 보니 쉽지 않았다. 육식동물에게 인간처럼 맛있
는 사냥감이 어디 있단 말인가. 몸집도 작고 날카로운 어금니
도 없다. 발도 느리다. 그렇다면 방법은? 알다시피 뭉치는 길
밖에 없었다. '쪽수'라도 많아야 다른 놈들이 덜 건드리는 것
이다.(그렇긴 해도 참 없어 보이는 전략이다.) 그런데 어떻게 무
리를 유지한다? 침팬지의 속성을 물려받아 충동적이고 공격
적이며, 먹이와 관계없이 자기 지위를 높이기 위해서 동족을
무참히 살해하는 폭력성을 가진 이 털 없는 원숭이가 어떻게
대집단을 이룰 수 있단 말인가. 그래서 말이다. 200만 년 전 거
대하고 파괴적인 두 번째 건기가 찾아왔을 때 인간은 눈 딱 감
고 인류 역사상 가장 위대한 발명을 하게 된다. 눈에 보이지도
않으면서 모든 인간을 좌우하는 이 발명품. 이것 때문에 많은
인간들이 딴맘을 품고 누군가를 절멸시키기도 하고, 종국에는
자기 자신마저 미련 없이 제단에 바치기도 한다. 어찌되었건
인간의 대집단 생활을 가능케 한 핵심적인 에너지로 숭배받게
된 이것. 삶이냐 죽음이냐의 절박한 기로에서 인간은 홀연 돌
연변이 같은 감정 하나를 손에 넣었으니 그것이 바로 위대한
발명품 '사랑'이다.*

---

* 이상은 클라이브 브롬홀의 논지를 재구성한 것임.(클라이브 브롬홀, 김승욱
역, 『영원한 어린아이, 인간』, 작가정신, 2004.)

2 우린 서로 연결되어 있어

세상에 또 사랑이란 말인가? 묻는 그대들이여, 애인과 결별하고 돌아서서 일주일도 지나지 않아 다시 떠오르는 것이 사랑이다. 혼자서 텅 빈 방 안 햇살에 빛나는 먼지, 그 부유하는 존재들을 멍하니 바라보면서 문득 떠오르는 생각이 외·롭·다는 그 마음이다. 차마 지울 수 없어 휴대폰에 남아 있는 그 전화번호다. 사랑이 필요해……. 이렇게 어쩔 수 없이, 사랑이다. 우리 유전자가 그렇게 생겨 먹은 것이다.

길게 돌아왔다. 이 감수성 넘치고 쓸쓸하며 혹은 지독하게 외로운 소설 이야기를 하고 싶어서이다. 사랑을 통해서밖에 구원을 얻을 수 없는 존재 일반의 절대성 원리를 감싸고 도는, 일곱 개의 소행성들에 대해 애기하고 싶어서이다. 너무 외로워서 어떻게든, 누구와든 관계를 맺고 싶었던 것일까? 읽어본 사람들은 모두 간파했겠지만 이 소설집의 각 행성들은 서로 연결되어 있다. 「파란나비 효과 하루」와 「안녕, 동물원, 안녕」, 그리고 「아빠, 유령, 문법」과 「페팅하러 가도 돼?」의 배경과 인물 설정이 서로 겹친다. 「열대야」와 「쉿, 한 사람만 아는 관계」도 설정은 같지만 누가 주인공이냐에 따라 다른 이야기가 펼쳐진다. 각 소설은 모두 '사랑'이라는 이름으로 관계의 성운을 이루는 셈이다. 누군가를 열렬히 소망하는 인물들처럼 작품들 또한 서로의 눈길을 간절하게 바라고 있다.

아무튼 거두절미, 아직 사랑에 홀려 본 적이 없는 사람들에게 이 소설은 얼핏 '한국의 은둔형 외톨이, 이렇게 살아갑니다.'를 위한 다년간의 취재 노트 같다. 도대체 사회적 활동이라고는 전혀 하지 않는 외톨이들이 방과 골목과 기껏해야 동물원 주변을 어슬렁거린다. 그러다가 가끔 아는 사람을 만나 함께 밥을 먹는다. 아주 가끔 한집에서 같이 살기도 한다. 인상적인 주 무대는 방이다. 기이하게도 거의 수도자의 방과 같은 수준이다. 고작해야 침대, 옷장, 책상이 전부다. 이거면 됐지 뭐가 더 필요하겠느냐고 말하는 사람도 있겠지만 「파란나비 효과 하루」의 경우를 제외한다면 심지어 그 흔한 인터넷도 없다. 플레이스테이션이나 엑스박스를 말하는 게 아니다. 그흔한 인터넷 말이다. 여기서 사람들이 산다. 특별한 정보가 없는데도 이 방들, 모두 반지하일 것 같다. 자꾸만 아래로 잠겨드는 방에서 외톨이들은 지독한 고독에 아파하며 몸을 동그랗게 만다. 모래알처럼 부서지며 자기 존재를 잊어 간다. 한국판은둔형 외톨이들의 모습은 아마도 이러하리라.

하지만 은둔형 외톨이 소설이라고 레테르를 붙인다면 이 책의 인물들, 더 외로워질지도 모른다. "그래, 내가 이렇게밖에 이해받지 못하는구나." 하고 절망할지 모른다. 왜냐하면 모두 이 방에서 나가고 싶어 하기 때문이다. 지독하게 타인을 열망하기 때문이다. "타인이 옆에 눕는 소리가, 빛처럼 강렬할 수도 있다니."(「페팅하러 가도 돼?」, 152쪽)를 보라. 타인의 온기

230

를 느낀 순간, 치가 떨리게 위로받는 사람에게 은둔형 외톨이라고 이름 붙이는 것은 너무 가혹하다. '은둔형 외톨이'가 아니라 '어쩔 수 없이 외톨이', '내일부터는 외톨이가 아니고 싶은 외톨이' 정도가 이들에게 걸맞은 이름일 터이다.

그렇다면 이런 접근은 어떤가. 사회적 맥락을 찾아내길 좋아하는 사람들이 생각하기에 이 소설, '88만 원 세대의 절규—제발 이 청년들을 버리지 마세요.'를 위한 정신의학적 임상 증례 연구서일 수도 있지 않겠는가. 인물들은 아직 고등학생(「열대야」, 「쉿, 한 사람만 아는 관계」)이거나 대학생(「파란나비 효과 하루」, 「안녕, 동물원, 안녕」)인 경우도 있지만 대부분 잡지사 인턴사원(「아빠, 유령, 문법」) 아니면 대형 할인 마트 물류 센터 아르바이트생(「순수 취향의 악마에게 손수건을 건네지 말라」) 정도의 일들을 전전하며 생활을 영위해 나가는 비정규직 노동자다. 물적 토대가 부실하니 외로움은 극단적으로 부풀어 오를 수밖에 없다. 방에 별다른 가구가 없는 이유가 있다. 이들은 아직 경제적인 독립을 하지 못한 것이다. 그 사연을 더듬어 보면 이렇다. IMF를 거치며 자본주의 사회에서 개인적 상호부조의 마지막 저지선인 가족이 무너졌다. 국가는 애초에 상처받은 개인을 위한 어떠한 안전망도 가동할 계획이 없었다. 뒤처지는 사람은 버리고 남은 사람이라도 살겠다고 승자 독식 체제를 강화한 지난 10년이었다. 김대중 정권이 좀 부드러운 신자유주의 체제였다고 한다면 뒤 5년을 담당한 노무현 정권은 강화

된 신자유주의 체제를 지향했다. 오직 경쟁, 경쟁, 경쟁!이었다. 과연 누구를 위한 경쟁이란 말인가? 5퍼센트, 많으면 10퍼센트의 승자를 위하여 90퍼센트의 사람들이 상대적 박탈감과 열등감에 시달려야 했던 시간이었다.

그리고 2008년 현재, 비정규직이라도 좋고 한 달 월급 80만 원이라도 좋으니 제발 일이라도 하게 해 달라며 무기한 투쟁을 벌여도 아무 대답 없는 나라(「결국 해 넘긴 이랜드 사태」, 《한겨레》, 2007년 12월 31일자)가 대한민국이다. 앞으로 사회에 진출하는 20대 청년들의 90퍼센트가 평생 비정규직으로, 평균 88만 원의 임금(그것도 세금 떼기 전의 액수)을 받으며 살게 될 것이 거의 확실한 나라가 바로 대한민국이다.(우석훈 · 박권일, 『88만 원 세대』, 레디앙, 2007) 고등학생이나 대학생이라고 해서 별것이 있겠는가. 이들도 잠정적인 88만 원 세대 예비 후보자들임을 깨닫는 것은 어려운 일이 아니다. 그런데도 대학생의 약 70퍼센트가 자본주의를 긍정하는 이상한 나라(박노자, 「노예화, 그 개인적 대가」, 《한겨레》, 2007년 9월 12일자) 또한 대한민국이다. 그런 면에서 이 책에 등장하는 인물들의 단자화된 삶은 사회 문화적 해석에서 자유로울 수 없다. 간신히 자기 방을 갖고는 있지만 어떠한 외부의 보살핌도 기대할 수 없는 시대의 비참이 여기엔 짙게 드리워져 있다.

대한민국 국민들이여. 당신들은 어떻게 그 시간들을 견뎌 왔는가? 모든 이들이 소설가가 되겠다고 달려들지 않은 것이 놀랍다. 소설을 쓰지 않고 그 긴 외로움을 어떻게 이겨 냈단 말인가? 이 작가가 소설을 쓰면서, 기어이 외로움에 지쳐 유령이 되고만 사람들의 이야기에까지 도달한 것(「아빠, 유령, 문법」, 「쉿, 한 사람만 아는 관계」)은 결코 헛된 상상력에 의존한 결과가 아니다. 일가족 전원이 사망한 교통사고 후 '내'가 위스퍼라는 유령이 되어 인간계를 떠도는 풍경이 어떠한가.(「쉿, 한 사람만 아는 관계」) 속삭여도 속삭여도 유령의 목소리가 닿는 곳은 없다. 같은 '업계'에 종사하는 유령들끼리라면 대화가 가능한 것이 전통적인 불문율일 텐데 그것도 불가능하다. 쌍방향이 아니라 그야말로 한 사람만 아는 관계다. 나 자신도 내가 살아 있는지 확신할 수 없는 외로움의 끝에서, 그런 나를 유령으로 부르지 않는다면 대체 어떤 이름으로 간신히 이 존재를 증명할 수 있단 말인가. 마지막에 이 유령은 두 번째 거주지로 인간계의 소년을 고른다. 하지만 소년이 세상에 대한 절망감을 버리고 아주 잠깐 자기 자신을 사랑하게 된 순간, 행복한 소멸로 접어드는 이 유령의 독백은 어쩐지 애달프고 따뜻한 위로로 읽힌다. "떠올랐다가, 한여름 밤의 꿈처럼 달콤한 속도로 멀어져 가…… 여러분……."(「쉿, 한 사람만 아는 관계」, 224쪽) 이것은 이 시대를 살아온 우리 마음속 슬픔과 상처가 만들어 낸 심리적 공황을 재빠르게 포착하여 작가가 기획한 크리스마스 특별 위문 공연이다. 나 같은 유령이 더 이상 생기지 않았으면 좋겠어요, 여러분. 내가 여러분의 슬픔을 모두 안고 사라질게요.

하지만 어쩨 이건 좀 너무 앞서 나간 것 같기도 하다. 그녀의 첫 소설이자 첫 장편이면서 동시에 2004년 오늘의 작가상 수상작인 『피터팬 죽이기』라면 이러한 해석을 충분히 감당하고도 남을지도 모른다. 그 놀라운 데뷔작에서 김주희는 청년 백수라는 몹쓸 바이러스를 창궐시킨 이 도시의 하드 코어 시스템을 풍자적으로 촌철살인하면서 이른바 '이름 없는 세대'의 멜랑콜리와 자조를 성장담 형식으로 연출, 제작, 배급하였다. 그렇다면 시기적으로 오히려 장편보다 먼저 나왔어야 할 것 같은 이 소설집은? 물론 이 책에도 사회적 맥락으로 해석할 수 있는 여지가 마련되지 않은 것은 아니다. "나는 일상을 유지할 수 있는 돈과 무시받지 않을 만큼의 배경 정도만 갖고 있으면 좋겠는데 (……) 젊은 사람들이 기본 생존권을 위해 피 터지게 경쟁한다고 생각하니 엉터리 세상이라는 말이 절로 나온다."(「페팅하러 가도 돼?」, 154쪽)가 그렇다. 하지만 이러한 맥락은 장편에 비하면 상대적으로 오솔길과 같고 가끔은 중간에 끊어져 있다는 것이 마음에 걸린다. 그렇다면 이번 소설집은 '핀트'가 좀 다른 곳에 맞추어져 있는 게 아닐까?

3 소심우울엉뚱발랄 — 비주류 마이너 감성

　본질적으로 김주희의 소설은 루저들의 이야기다. 같은 루저 이야기를 다루더라도 작가마다 접근 방식은 다를 수밖에 없다. 박민규가 386세대의 정밀한 사회 분석을 토대로 시스템에서 자발적으로 이탈하여 자기만의 율도국을 만들어 나가는 이야기를 동물의 왕국식 상상력으로 풀어낸다면 김애란의 경우, 때늦은 근대화의 열차가 기적을 울리며 통과 중인 1980~1990년대 도시 변두리 풍경과 남루한 가족사, 덧붙여 2000년대 단자화된 개인의 복잡 미묘한 감정과 윤리를 현대적 감각으로 재구성해 내며 나이를 뛰어넘는 모범적이고 온건한 지혜를 선보인다. 이와 비교한다면 김주희의 이번 소설은 은둔형 외톨이가 되었든, 88만 원 세대가 되었든 사회로 진출하기 이전 단계 청춘들의 이야기를 풍부한 감수성으로 풀어낸다는 점에서 독특한 매력을 발산한다. 특히 이 작가는 기왕의 한국 소설이 선보인 것과는 다른 풍토에서 자라난 인물들을 섭외하여 무대에 올려놓는데 그들이 바로 사회 진출 이전의 청춘, 그리고 무엇보다도 '마이너 감성'을 지닌 사람들이라고 할 수 있다. 물론 청춘과 마이너 감성을 가져 보지 않은 소설가가 어디 있겠는가. 말하자면 이것은 공간이 아니라 토질의 문제다. 청춘과 마이너 감성의 '색깔'을 말하는 것이다. 먼저 후자를 살펴보자.

「페팅하러 가도 돼?」에서 작가는 스스로 "마이너 감성"(150쪽)
이라고 이름 붙인 어떤 태도를 제시하는데 이것은 김주희 소
설을 여는 마스터 키라는 점에서 압축하고 요약하여 호명해
볼 필요가 있다.

　1. 타인을 두려워하고 겁내며
　2. 자기 세계 안에 갇혀 있고
　3. 그러나 그 세계는 '진정한 자기'가 없는 자기 세계(문패
만 그럴듯한)이며
　4. 늘 차이기만 하고 차 보지는 못한 사람
　5. 새로운 사람을 만나기는 어렵지만 사귀면 오래가는 사람

　1, 2, 3은 인물의 입을 빌려 대사로 처리된 부분을 정리한
것이고 4, 5는 인물의 태도를 유추하여 덧붙여 본 것이다. 아,
이런! 그런데 이건 마치 알이 두꺼운 뿔테 안경을 쓰고 뒷골
목으로만 다니는 소심한 사춘기 소년의 프로필을 보고 있는
것 같지 않은가? 「안녕, 동물원, 안녕」에서 스토커 역할을 맡
은 '류동연'이나 「아빠, 유령, 문법」, 「페팅하러 가도 돼?」에
서 '아담'이라는 게이를 사랑하는 '나'는 이러한 감수성의 적
통을 잇고 있다. 「파란나비 효과 하루」의 '나'는 말하자면 사
촌 정도. 즉 작은아버지의 딸 정도로 촌수를 그려 볼 수 있겠
다. 반면에 이러한 감수성이 극단적 순수성을 추구하면서 형

질 변형을 일으키면 어떨까. 청부업자를 사서 좋아하던 남자를 불구로 만들어 버린, 「순수 취향의 악마에게 손수건을 건네지 말라」에 등장하는 동호회 '여자' 같은 인물로 나타날 것이다. 이는 마이너 감성의 돌연변이인 셈이다. 같은 맥락에서 외로움 때문에 사람을 죽이기까지 하는 유령은(「쉿, 한 사람만 아는 관계」) 동호회 여자의 사생아 같은 인물이다. 마지막으로 지금까지 언급한 인물들도 그렇지만 특히 「열대야」에 등장하는 고등학생 남자 아이가 전면적으로 부각시켜 보여 주는 '우울'은 마이너 가계도의 구성원을 압박하는 고질적인 유전병이 되겠다. "우울증 걸린 엄마의 자궁에 자리 잡은 태아"(「아빠, 유령, 문법」, 89쪽) 같다는 진단은 이들의 심리 상태를 가장 유효적절하게 표현한 정말 '우울'한 메타포인 것이다.

그러나 여기에서 멈추었다면 이 가계도는 근친교배로 인한 우울한 멸망기로 끝났을 것이다. 그렇다면 무엇이 이 지독한 우울을 상쇄하고도 남을 강력한 에너지가 될 것인가? 그 첫 번째가 유머다.

"(……)적어도 우리 학교에서 서의 휴대폰 번호를 아는 여자는 나밖에 없을걸?"

"그럼 그 서 씨는 휴대폰을 왜 산 거래?"

"아버지가 사 주셨대. 시계로만 사용하면서 이동 통신 회사와 대기업을 속으로 조롱한다는데?"

"컬트적인 관계군."

—「파란나비 효과 하루」, 29쪽.

유령은 낯선 존재다. 하지만 아빠는 낯익다. 낯설지만 낯익은 존재. 그래, 뉴 파파가 왔다고 생각하자. (……) 홀로그램 전신 영정 사진이라고 생각하자.

—「아빠, 유령, 문법」, 92쪽.

"선생님! 발기했는데, 빠른 속도로 자위하고 와도 될까요?"
"그렇다면 자퇴를 하고 자위하도록 해."
—「순수 취향의 악마에게 손수건을 건네지 말라」, 107쪽.

"섹스? 친구, 여자를 만나는 목적이 너무 동물적인 거 아니야?"

"동물적이라고? 그대가 믿는 종교에서는 이런 찬송가도 부르던데. 새벽부터 우리 사랑함으로써 저녁까지 씨를 뿌려 봅시다."
—「순수 취향의 악마에게 손수건을 건네지 말라」, 118쪽.

연거푸 되읽으면서 웃음을 참지 못했던 문장들을 따왔다. 김주희 소설에서는 이처럼 수시로 유머 코드가 '작렬'한다. 엮어 놓으면 가히 실없는 농담들의 향연이라고 불러도 손색이 없을 만큼 엉뚱한 유머 세레나데다. 전작 『피터팬 죽이기』가 유머를 구사하되 사회적 풍자를 적절하게 내장시켜 웃음의 아이러니를 강조하였다면 이번 소설집은 이중 복선이 매설되어 있지 않아 아쉬운 면이 없지 않지만 농담 그 자체로서의 유희 정신을 더욱 충실하게 따랐다고도 볼 수 있겠다. 여기서 더 흥미로운 것은 유머와 맞물려 가동되는 엉뚱하고 발랄한 감수성이다. 이 소녀적 엉뚱발랄이 김주희의 두 번째 우울 상쇄 에너지다.

이견이 있을 수 있겠지만 이번 소설집에서 제일 상큼하면서도 완성도가 높은 작품을 고르라면 바로 「파란나비 효과 하루」를 들고 싶다. 이 작품은 김주희라는 작가가 지닌 감수성과 재기 발랄함이 어느 정도인지 보여 주는 참으로 매력적인 작품이다. 시간 순으로 줄거리를 복기해 보면 이렇다. 여기서 그녀의 두 번째 우울 상쇄 에너지를 음미해 보자.

난 음악 하는 서를 좋아한다.(역시 이 죽일 놈의 사랑이 문제다.) 그와 함께 동물원에 파란나비원숭이를 보러 간다.(놀라워라. 파란나비원숭이라니. 그런데 있을 법하다, 이런 녀석이. 참 좋다, 이런 상상력.) 파란나비원숭이는 실제 파란색 털을 가진 원숭이로 그 예민한 성격 때문에 무리를 짓지 않고 혼자 살아가는 걸로 알려져 있다.(이렇게 소심하고도 순수한 존재가 있다니! 나, 뒤에 나올 스토커는 모두 파란나비원숭이족에 해당한다. 사실은 음악 하는 서도 같은 종족이라고 할 수 있다. 다만 다른 이들에 비해 자기 세계가 좀 더 탄탄하다는 게 다르다. 나는 거기에 매력을 느낀 게 아닐까?) 멸종된 줄 알았는데 최근 베트남에서 한마리가 발견됐다. 그게 한국 동물원으로 건너왔다. 원숭이 우리 앞에서 썩은 사과라 불리는 친구와 썩은 사과를 따라다니는 스토커를 만난다.(이들 중 한 사람은 곧 죽는다.) 사람을 꺼리는 파란나비원숭이가 웬일로 수줍게 나타났다 사라진다.(세속적이고 천박한 썩은 사과에 대한 반항심 때문에, 반 농담처럼 내가 뭐라고 외쳤기 때문이다.) 하지만 음악 하는 서는 나에게 관심을 보이지 않는다. 그의 호기심을 이끌어 내기 위해 나는 다음 날 무작정 청량리행 열차에 오른다. 그리고 자살하러 간다고 전화한다.(이 엉뚱하고 소녀적인 상상력! 귀엽고 사랑스럽다. 그녀가 결코 자살하지 않을 것임을 예감하기 때문이다.)

음악 하는 서는 당황하여 그제야 마음이 흔들린다. 누군가 내 이름을 불러 주었으면, 누군가 나를 사랑해 주었으면, 하는 마음으로 차창을 내다보는 내 앞에 거짓말처럼 파란나비원숭이가 나타난다.(우리는 모두 이게 나의 환상이라고 생각한다.) 마치 자살을 말리기라도 하는 듯.(잘 살아 보라고 파이팅을 외쳐 주는 원숭이라니! 게다가 원숭이가 가로수를 건너 건너 나를 따라온다니! 참으로 만화 같은 상상력이 아닌가? 이런 천연덕스러운 배짱이 놀랍다. 하지만 이 정도 뻥은 소설의 엉뚱하고 유머러스한 톤 때문에 쉽게 받아들여지며 또 환상이니까, 싶은 마음에 이해하고 넘어가게 된다.) 아무에게도 보이지 않고 나한테만 보이는 파란나비원숭이.(이거, 사실 트릭이다.) 계속 보니 안쓰럽고 우스꽝스럽다. 나도 혹시 음악 하는 서에게 저런 존재가 아닐까. 그사이 썩은 사과에게서 스토커가 자살했다는 소식을 전화로 전해 듣는다. 그리고 들고 있던 소보로빵을 파란나비원숭이에게 강탈당한다.(참 안 세련됐다. 스트로베리 쇼트케이크도 아니고 소보로빵이라니. 그런데 묘하게 시대착오적인 이 소품이 파란나비원숭이족에게는 어울린다. 이 작가에게는 동시대 첨단을 달리는 문화적 개인과 그 취향 목록들이 큰 고려 대상이 아닌 것이다.) 그리고 생각한다. 내가 자살하면 스토커처럼 20대 청년 실업을 비관한 것이라고 보도되겠지? 그건 개인에 대한 명백한 오해이자 오보다, 라고.(그렇다. 이번 소설집에서는 사회적 맥락이 중요한 것이 아니라 개인의 사소한 감정, 그 지독하게 불가해한 우주가 유일한 문제인 것이다. 핀트가 여기에 맞춰져 있다.) 여러 가지 상념 끝에 결국 나는 사실 소보로빵이 먹고 싶었다는 것, 사실은 살고 싶다는 것을 깨닫고 집으로 돌아온다. 돌아오는 길에 다시 파란나비원숭이를 만나는데 홧김에 농담 같은 저주를 한다.(훌쩍훌쩍 울며 사라지는 파란나비원숭이를 보라! 주인공이 보기에도 소심할 정도다. 그렇게 소설은 반전을 향한다.) 그런데 집에 돌아와 9시 뉴스를 보던 나는 오늘 실제로 파란나비원숭이가 동물원을 탈출했다가 되돌아왔다는 소식을 접한다. 황급히 인터넷을 검색해 보니 몇 가지 몰랐던 사실들이 뜬다. 파란나비원숭이는 일부일처제의 동물이며(이 작가는 기본적으로 매우 도덕적이고 윤리적으로 올바르다. 「페팅하러 가도 돼?」에서도 알 수 있지만 게이와 함께 살아도 비윤리적이고 퇴폐적인, 그것 자체로 제도에 대한 강력한 반문이 될 파괴적 삽화들을 배치하지는 않는다. 기질상 그게 안 맞는 것이다. 이런 작가에게 독한 소설 좀 쓰라고 할 수는 없는 노릇이다. 물론 기질이란 언제든지 깨질 수 있는 것이지만. 이번 소설에서 발휘된 작가의 특장은 바로 다음에 나올 문장에 있다.) 감수성이 예민하여 자살을 하기도 한다는 것이다.(바로 이것이다. 보들레르의 말을 빌리자면 감수성이란 "사물에 대하여, 지극히 사소하게 보이는 것에까지도, 생생하게 흥미를 느낄 수 있는 능력"을 말한다. 오관을 통해서 사물을 생생하게 감지하는 능력이 바로 감수성인 것이다. 감수성이 예민하면 쉽게 상처를 받을 수 있고 훌쩍훌쩍 울면서 자살할 수도 있는 것이다. 파란나비원숭이야말로 이번 소설집에서 작가가 선택한 대표적인 페르소나라고 할 수 있다.) 하지만 무엇보다도 잊을 수 없는 문장이 하나 있으니 파란나비원숭이는 구애한 대상이 자살하려 할 경우, 필사적으로 말리는 습성이 있다는 것이다.(이제 알겠다. 파란나비원숭이는 나를 '사랑'한 것. 썩은 사과의 무시에 울컥한 내가 파란나비원숭이 앞에서 "저 원숭이 스타일의 남자가 이상형!" 하고 외쳤던 장면 기억나는가? 그래서 낯을 가리고 예민한 파란나비원숭이가 두 쌍의 커플 앞에 모습을 드러낸 것이다. 파란나비원숭이는 인간의 말을

242

모두 알아들었던 셈. 게다가 종국엔 자살하러 간 인간 애인을 구하러 동물원을 탈출했다는 것! 놀라워라, 상상력.)

줄거리를 복기하며 필자의 단상을 포스트잇처럼 붙여 보았다. 이를 통해 우리는 김주희의 이번 소설이 대사회적인 맥락보다는 개인감정이라는 소우주를 탐색하는 데에 초점을 맞추었다는 것을 이해할 수 있다. 관계와 성장에 대한 문제를 감수성으로 해결하려는 시도가 이 소설인 것이다. 무엇보다도 유머와 결합하여, 우울에 대한 항체 노릇을 톡톡히 해내는 엉뚱하고 발랄한 소녀적 감수성을 구체적으로 확인했다. 강조하자면 이 화학작용이 제대로 구사되었을 때 얼마나 사랑스러운 소설이 탄생할 수 있는가 하는 점이 핵심이다. 온몸이 파란 파란나비원숭이가 존재하면 어떨까 하는 엉뚱한 발상이 그렇고, 그 원숭이가 너무 예민하여 멸종 직전이라는 설정이 그렇고, 주인공의 자살을 말리기 위해 동물원을 탈출했다는 상상력이 그렇다. 담고 있는 내용은 참으로 무겁지만 그것을 풀어내는 방식이 유머러스하고 따뜻하며 엉뚱하다. 이 소설은 김주희식 자살 방지 프로그램인 것이다.

만약 종로 한복판에서 이 작가가 만들어 낸 캐릭터를 만난다고 상상해 보면 어떨까. 그/그녀는 아마도 앞에서 보면 둘리 같을지도 모른다. 「열대야」의 소년처럼, 가끔씩 그대가 둘리 같다는 생각을 해 본 적이 있는가? 1억 년 전 고향으로 돌아갈 수 없고 그렇다고 여기서 행복하지도 않고. 작가가 《보물섬》 시절의 명랑 만화 같은 캐릭터를 구사하는 것을 보면 그런 생각이 든다. 이 친구들이 모두 엉뚱하고 유아적인 천진난만을 갖고 있기에 더 그렇다. 하지만 뒤에서 보면 의외로 둘리를 닮지 않았을지도 모른다. 그/그녀는 결정적으로 둘리가 갖고 있는 초능력이 없는 것이다. 초능력만 있으면 그래도 고길동을 골탕 먹일 수 있을 텐데 그게 안 되는 것이다. 이젠 고향으로 돌아갈 수도 없고, 그렇다고 현실에 적응해 아무렇지 않게 살아갈 수도 없다. 그래서 뒷모습을 보면 이 사람, 일본 애니메이션 캐릭터 보노보노를 닮았다는 생각이 든다. 너무 순진하고 이해가 느려서 타인의 복심을 잘 모르고, 덕분에 자주 당황하여 "삐질 삐질" 진땀을 쏟는 아기 해달. 번번이 너부리의 꾀에 넘어가면서도 돌아서서 웃고, 사실은 심각하지만 느린 말투와 느긋해 보이는 외모 덕에 또 잘 살아가는 것처럼 보이는 종족. 약자에 대한 보호는커녕 패자부활전도 없고 모든 것이 승자 독식 체제로 돌아가는 이 도시 한복판, 앞에서 보면 둘리 같지만 뒤에서 잘 보면 보노보노인 그/그녀를 만난다. 하지만 그 사람은 둘리와 보노보노를 하위 디렉터리로 감추고 파란나비원숭이 형상의 홀로그램으로 가로수에 매달려 있을지도 모른다. 당신도 스스로를 파괴해 버리고 싶다는 무서운 생각을 가끔 하지 않는가? 그때 파란나비원숭이를 만난다면 조금 웃지 않겠는가? 저런! 어쩌자고 예민한 친구가 저리 힘든 자세로 내 옆에 매달려 있는 건가? 그러면 조금 웃기지 않겠는가 말이다. 그리고 그 순간 당신이 내일의 태양을 맞이할 수 있는 확률은 높아진 셈이다. 이런 식의 엉뚱한 유머로 심각함을 무너뜨리는 게 김주희의 방식이다.

더욱 흥미로운 것은 파란나비원숭이가 지구 최고로 예민한 감수성을 가진 존재이면서 동시에 동족들의 자살을 막는 특공대로 활약한다는 점이다. 외톨이들이 서로 사랑하기 시작하면 그래도 희망이 있다는 것일까? 자기애에서 대상애로 넘어가야 비로소 어른이 될 수 있다는 이야기를 떠올려도 되는 것일까? 김주희 소설 속 인물들은 죽지 않기 위해서 사랑한다. 살고 싶어서 너무나도 간절하게 사랑을 갈구한다. 이 순진하리만큼 절박한 믿음과 열망이 김주희의 소설을 애틋하고도 따뜻하게 만드는 원리다. 최인호의 「술꾼」이라든지 김채원의 「초록빛 모자」가 살짝 보여 주기는 하였지만 깊이 있게 구축하지 못한 소심우울엉뚱발랄한 감수성은 앞으로 김주희에게서 기대해 볼 만한 한국 소설의 새로운 영역이다.

4 청춘의 행보

프랑스의 사회학자 부르디외는 "청춘이란 누구의 것도 아닌 땅"이라고 말했다. 청년은 아이와 어른의 성향을 뒤섞어지니고 있지만 기본적으로 이 사회의 게임 규칙 바깥에 살고 있기 때문에, 역설적으로 마치 외딴섬과 같은 고유한 영토를 갖게 된다는 것이다. 부모의 통제에서 어느 정도 벗어났지만 자기 스스로를 완벽하게 책임질 수 있는 기반을 마련한 것은 아니다. 따라서 청춘이라는 영토는 늘 불안정하고 거기에 발 딛고 있는 사람들조차 주인이 될 수 없는 그야말로 외딴섬이다.

또 한편 청춘은 밤의 기차 여행과도 같다. 두고 온 곳도 그립고 앞으로 도착할 곳도 그립다. 공간은 계속 열렸다가 닫히고 다가왔다가 멀어진다. 그러니 누가 이 공간의 주인이라고 감히 자처할 수 있겠는가. 김주희가 보여 주는 비주류 마이너 감성은 바로 이 청춘이라는 영토에서 성장담이라는 형식으로 가동된다는 점이 특징이다. 그녀의 소설 속 인물들은 생각한다. 성장을 하고 싶다고. 아니 어떻게 해서든 성장을 해야 한다고. 그러지 않으면 '나'라는 소행성을 맴돌다가 외로움에 자멸해 버릴 것임을 알기 때문이다. 하지만 김주희의 소설에서 성장이란 어떤 의미에서 더럽혀지는 것이다. 쉽게 만나고 쉽게 이별해도 상처받지 않는 것이다. 자기 이익을 위해 다른 사람을 이용할 줄도 알아야 하는 것이다. 물론 순수를 지키려는 마음은 그걸 용납하지 못한다. 그러면서도 동시에 어떻게 해서든 사회로 편입하고 싶은 모순된 소망을 품고 있는 인물들이 대부분이다. 바로 이 지점의 갈등상태가 소설을 팽팽하게 조율한다.

하지만 근본적으로 그녀가 발 디딘 청춘은 어떤 고성능 GPS로도 쉽사리 위치 추적이 되지 않는 장소이기 때문에 현재로서는 비사회적인 포지션에 무게중심을 두고 있다고 보는 편이 옳다. 작중 인물의 말대로 "미성숙한 세계와 성숙한 세계 사이에는 사이비 세계가 어둡고 긴 터널처럼 존재"(「안녕, 동물원, 안녕」, 76쪽)하는데 그 사이비 세계에 머물면서 성장을 꿈꾸기 때문에 독특한 색깔을 얻을 수 있다는 것이다. 그런 의미에서 그녀의 소설은 지금 열심히 자라고 있다. 어떤 게 진짜 성장인지 계속 탐구 중이다. 자아가 확고하게 구축된 것이 아니기 때문에 어느 땐 어린아이 같고 어느 땐 수준 높은 성찰을 보이기도 한다. 소설 속에서 양자가 뒤섞여 있어 흥미롭다. 하지만 여전한 진실은 아직 해답을 마련하지는 못했다는 것이다. 현재로서는 '외롭지만 그래도 살아야 한다.' 정도라고 할까? 그것을 위한 거멀못 역할을 하는 것이 사랑인 셈이다.

이제 우리 여기서 잠시 사랑 그 이후를 생각해 보면 어떨까? 너무 외로워서 사랑밖에 몰랐던 사람에게 사랑 이후를 생각해 보라는 것은 성급한 주문이겠지만 이 책에 실린 소설들이 첫 장편을 내고 난 후 1, 2년 사이에 집중적으로 쓰였다는 것을 고려한다면 그리 섣부른 제안은 아닐 것이다. 이에 울리히 벡과 그의 아내 엘리자베스 벡-게른스하임이 함께 쓴 『사랑은 지독한 그러나 너무나 정상적인 혼란』(새물결, 2002)의 한 구절을 음미해 보는 것도 좋을 것이다.

현대적 삶의 이면에 자리 잡고 있는 논리는 외톨이를 전제하고 있다.(Gravenhorst 1983:17) 시장경제는 가족, 부모 되기, 파트너 관계에 대한 욕구를 무시하기 때문이다. 사적 개인으로서의 삶을 전혀 존중하지 않는 노동시장이 아주 유연하기를 바라는 사람은 시장을 앞세워 가정 파탄을 조장하고 있는 셈이다.(252쪽)

아무것도 확실하거나 안전하지 않다면, 심지어 오염된 세계에서 숨 쉬는 것조차 위험하다면 사랑이 모든 것을 해결해 줄 수 있으리라는 잘못된 꿈을 꾸게 되는 것이다.(갑자기 이러한 꿈이 악몽으로 뒤바뀌게 되더라도 마찬가지다.)(302쪽)

거칠게 말하자면 신의 영역에서 인간의 영역, 그리고 다시 각 개인의 영역으로 분화되어 나온 역사가 근대화의 역사다. 위의 책에 따르면 지금 여기, 후기 근대 사회는 개인의 단자화가 완성되는 시기다. 특히 노동 유연성이라는 신종 이데올로기는 언제든지 사회적 필요에 따라 개인이 제 삶을 포기하도록 만들 수 있다는 점에서 공포스러운 존재다. 이처럼 모든 것이 불확실한 시대에 인간은 더욱더 사랑에 몰두하게 된다. 우리 삶이 비인간적으로 보이고 평균 이하의 수준을 영위하는 데에도 평균 이상의 과도한 에너지가 투입되어야 하는 시대에 사랑은 더욱 매력적인 가치로 신성시된다. "하기 싫은 건 죽어도 하기 싫지? 나는 하기 싫은 걸 워낙 많이 해서 그런지, 연애만큼은 내 맘대로 하고 싶어!"(「안녕, 동물원, 안녕」, 77쪽) 처럼 사랑에 모든 것을 걸게 된다는 것이다.

따라서 우리 시대의 사랑은 사적 영역의 가치에 그치는 것이 아니라 근본적으로 공적 영역과 연동하여 움직인다는 것이 중요하다. 생각해 보라. 이 사회의 기본적인 욕망이 개체의 구분과 독립을 원하기 때문에(그게 경쟁 체제다.) 타인과 공존하는 것은 더욱 어려워지는데, 그보다 더 가파르게 타인과 연결되고 싶은 욕구도 커져만 가는 것이다. 하지만 이 소설집에서는 그러한 지층까지는 의식적으로 탐구하지 못한 것 같다. 그래서 자칫 너무나도 사적인 취향을 가진 개인 대 개인의 비밀 편지에 그칠 위험이 있는 것도 사실이다. 그렇다면 이제 어쩔 것인가? 그토록 믿었던 사랑이 모든 문제를 해결해 줄 수 없다면? 사랑 때문에 빚어진 문제를 다시 사랑으로 덮어 버리려는 개인들의 이 딜레마를? 다행히 김주희는 인간 본성의 뒤얽힌 난맥을 성찰할 수 있는 능력을 갖추었다. 사랑했던 여자가 자신을 불구로 만들었음을 깨닫고 정신병원에 들어가는 '모조 예수'의 이야기가 그것이다.(「순수 취향의 악마에게 손수건을 건네지 말라」) 병적인 순수가 지닌 파괴적인 성격을 이미 간파하고 있는 것이다. 다만 그것을 감수성이 아니라 서사 축적의 방식으로 풀어냈을 때 완성도가 떨어져 보이는 것이 아쉽다. 그래서 상대적으로 이 작품은 덜 부각되어 보인다.

궁금하다. 김주회의 소설은 사랑을 의심하는 단계를 지나 어디로 나아갈 수 있을까? 사랑이라는 우상을 넘어서서 다시 사랑으로 되돌아올까? 이토록 상처 입은 사랑에 제 이름을 찾아줄 수 있을 것인가. 못된 사랑. 지겹고도 잔인한 사랑. 그러나 유전자에서 지워지지 않을 사랑. 인간이라는 털 없는 원숭이 종족이 멸망할 때까지 사랑은 끝내 영원한 숙제로 남을 것이다.

5 파란나비원숭이족(族)에게 고함

여기 한 쌍의 연인이 있다. 그들은 동물원을 거닐며 대화를 나눈다. 지상의 마지막 데이트다. BGM은 앵클부츠 밴드의 「외로움과 수류탄」.(「열대야」, 184쪽) 자, 이제부터 심리 테스트다. 잘 읽고 대답해 주기 바란다.

"저 위 좀 봐. 원숭이 세 마리가 붙어 있어."
나는 보닛원숭이를 찾아냈다. 내가 보닛원숭이라면 어디 있을까, 생각해 봤더니 나도 모르게 천장 구석에 눈이 갔다. 세 번째 원숭이는 뒤에서 두 번째 원숭이를 껴안고, 두 번째 원숭이는 첫 번째 원숭이를 껴안고, 첫 번째 원숭이는 나무 기둥을 껴안고 있었다. 아, 소외되는 원숭이가 없구나.
—「안녕, 동물원, 안녕」, 54쪽.

“왜 갑자기 입술을 쳐다보는 거야?”

“입술을 통해 식도를 타고 계속 내려가면 심장, 간, 위가 나오겠지? 보이는 장기 사이에 보이지 않는 장기가 있어. 사람들은 이 장기를 빨아들이려고 키스를 해. 이 장기의 이름은?”

골목은 입을 굳게 다물었다.

“마음이야.”

—「안녕, 동물원, 안녕」, 76쪽.

솔직하게 말해야 한다. 위의 구절을 읽고 당신도 잠깐 슬퍼지지 않았는가? 피식 웃음이 나면서도 웃음 끝에 왠지 모를 쓸쓸한 마음이 따라오지 않았는가? 그런 마음이 생겼다면, 미안하지만 당신도 파란나비원숭이족이다.

이 연인 가운데 대화를 거는 남자 쪽이 당연히 파란나비원숭이족이다. 그는 곧 이 땅에서 사라질 것이다. 그리고 다른 한 사람, 여자는 뒤에 남을 것이다. 남는 사람은 강한 사람이다. 마이너가 아니라 메이저 감성의 소유자다. 파란나비원숭이족이 생각할 때, 남은 사람은 아마도 이러한 종족일 터. 위의 구절을 읽고 조금도 마음의 움직임을 느끼지 못했다면, 이번엔 아래 나오는 항목들을 체크해 보라.

1. 타인을 두려워하는 법이 없으며

2. 자기 세계 안에 갇혀 있지 않고

　3. '진정한 자기'가 단단하게 뿌리내린 세계를 갖고 있으며
(문패도 그럴듯한)

　4. 늘 차기만 하고 차여 본 적이 없는 사람

　5. 새로운 사람과 쉽게 만나고 쉽게 이별하는 사람

　이것이 메이저 감성이다.(마이너 감성의 항목들을 정반대로 조립해 보았다.) 이런 사람이 바로 메이저리거다. 어떤가? 당신은 1번부터 5번까지 자신 있게 동그라미를 칠 수 있는가? 100점 만점의 메이저리거인가?

　어쩐지 좀 우습지 않은가. 세상에 이런 사람이 과연 존재할까? 물론 있기야 있을 것이다. 하지만 어쩐지 꿈같지 않은가. 이 요건을 모두 충족하는 사람이 있다면 그는 정말 무림 초절정 비급 『메이저 감성 신기』를 최소한 50년은 수련한 사람이 아닐까? 50년이라면 '민증'이 나온 뒤 여생 거의 모두를 바쳐야 한다는 말이다.

　우리 모두 사실은 마이너 감성의 소유자들인데도 메이저인 것처럼 '야바위'를 치는 것인지도 모른다. 어쩌다가 잠깐 메이저리거가 되었다가 다시 마이너를 오가는 그런 삶을 살고 있는지도 모른다. 설혹 메이저 감성을 지녔다 하더라도 위의 1번부터 5번까지의 어떤 항목에서는 고개를 저으며 한숨을 내쉬는 순간이 존재하지 않겠느냐는 말이다.

　그러므로 "한여름 밤의 꿈처럼 달콤한 그대"들(「쉿, 한 사

람만 아는 관계」, 194쪽)이여! 우리 기죽지 말자. 파란나비원숭이족은 계속 살아갈 것이다. 예민하고 발랄하게 개인과 이 시대를 똑바로 응시하며 감수성의 새 영토를 만들어 나갈 것이다. 그 보이지 않는 땅에서 사랑하고 연대하며 인간 진화의 새로운 도약을 꿈꿀 것이다. 아주 가까운 미래의 어느 날, 혹 그대들 주변에서 파란나비원숭이족이 발견된다면 '수거'해서 좀 안아 주시라. 이 소심우울엉뚱발랄한 종족은 사실 우리의 다른 이름이니까. 그리고 또 모르지 않는가. 어쩌면 위로받는 것은 그대들일지. 우린 이렇게 쓸쓸한 소행성 궤도를 그리며, 부대끼며 어찌되었든 살아가야 한다. 그것이 파란나비원숭이족의 최초 발견자이자 최고 후원자인 김주희가 들려주는 전언이다.

김주희

4월 22일 태어났다. 스무 살에 처음으로 소설을 쓰고 싶다고 생각했다.
2004년 장편 『피터팬 죽이기』로 제28회 〈오늘의 작가상〉을 수상하며 등단했다.
그리고 2008년 4월 22일 첫 번째 소설집 『파란나비 효과 하루』를 선보인다.

파란
나비
효과
하루

1판 1쇄 찍음 2008년 4월 17일
1판 1쇄 펴냄 2008년 4월 22일

지은이 | 김주희
발행인 | 박근섭·박상준
편집인 | 장은수
펴낸곳 | (주)민음사

출판등록 | 1966. 5. 19. 제16-490호
주소 | 서울시 강남구 신사동 506번지 강남출판문화센터 5층 (135-887)
대표전화 | 515-2000 | 팩시밀리 | 515-2007
홈페이지 | www.minumsa.com

값 10,000원

ISBN 978-89-374-8178-9 (03810)